未来経過観測員

装画／ Y_Y
ブックデザイン／青柳奈美

未来経過観測員

定点観測〈一〇〇年目〉

過去はかっちりとした事実そのものであり、変更できない固められた影像だ。一方、未来はというと存在すらしていない。むしろ、存在していない状態の名称が未来だと言ってもいい。過去と未来ではそういう意味で決定的に異なる。未来へのタイムトラベルは新たな彫刻だ。存在しないものを彫り出す作業だからだ。過去へのタイムトラベルは破壊である。すでにある彫像を破壊しに行くことだから。

だが、実際に百年先の未来に行った自分にしたら、未来はすでに彫り出されているという感覚に近かった。なにせ行った瞬間にその間の百年間の歴史がすでに彫刻されていたからだ。

ＡＩの普及により社会の利便性がかつてないほど高まる一方で、世界的な食料危機、エネルギー問題、地球温暖化、そして国家間の安全保障問題などがニュースを賑《にぎ》わせ、人々は将来に漠とした不安を感じつつも、明日も今日と同じであるという日常の連続感の中で暮らしていた。そんな中、バイオテクノロジーの分野で、ある技術が生み出された。超長期睡眠技術。冬眠技術の応用で生命活動を一万分の一の速度まで低下させる技術だ。この技術が確立されて以来、多くの人々が未来に旅立った。睡眠中は夢すら見ないので、当人にとっては瞬時の出来事であり、まさに未来へのタイムマシンだった。ただし片道切符のため、実際に行った人間は現代の医学で治療が望めない人や、年老いて、先の短い人生で最後に進化した未来社会を見てみたい人が多くを占めた。そんな中、ごく少数派ながらも私のように職務で未来に旅立った者たちもいた。

未来経過観測員。これが私の職業名だ。れっきとした国家公務員で、国の未来を定点観測するのが仕事だ。全国各地に約五十名。かなり珍しい職種である。仕事とはいえ、未来へ旅立つわけだから家族や友人とも（同じように未来に行く場合は別だが）別れなければならない。長い任期となる都合上、若さと健康が求められ、それゆえ自らこの職業を望む者は稀《まれ》だった。志願するのは未来を見てみたい願望が強く、孤独にも耐えられるごく限られた特異な人間だけだった。だが、私の場合は少し事情が違った。金銭的な事情だ。超長期睡眠中には給与が出た。その金額は同年代の収入相場からするとかなりの高額だった。要するに借金返済が目的だった。それに加えて現在という時代にあまり執着心がなかった。親しい友人はいなかったし、家族とも不慮の事故で死別していた。自分にとっては借金がなくなり、しかもこの未練もない時代から抜け出せ、ひょっとしたら素晴らしい未来が待っているかもしれないという点で、一石二鳥の仕事だった。

本事業のポイントは国家における今後の歴史を同一観測者の生の視点で記録する点にあるらしい。かつては、文書でしか残らなかった歴史だが、二〇世紀に入ってから映像媒体の進化によりあらゆる出来事が多角的かつ正確に記録可能になった。ところが、ある高名な学者がこう唱えた。ライブの歴史観測者を設けること。これが人類史における映像を超えた新たな歴史記録になるのではないかと。

「ちょうどほら、超長期睡眠というのができたでしょ？　まぁ……必要なんじゃないかな。そういう〝生〟なものって。それこそ文字通り生きた歴史書だからね」

映像記録を残すことと、生身の観測者がレポートを残すことに具体的にどういった有意な差異があるのか、その点について深い議論がなされないまま、政治家たちは超長期睡眠による経済効果を後押しする一環として、未来経過観測員を国家事業として立ち上げた。自分にも人間がわざわざ観測する意義がもうひとつよく分からなかったが、別に深く考えるつもりもなかった。有名な学者が言うのだから、きっと自分には想像もつかない利得があるのだろう。そのあたりに関しては上の連中が考えることであり、自分には関係ない。

こうして、私は最初の定点観測地点の百年後の未来に旅立った。

芝生の丘に銀白色の塔がある。私はそれを見上げていた。この塔のことは知っている。自分が旅立った時代に建造された五万年以上動き続けると言われる時計台。超長期睡眠から目覚めた後、まずやって来たのがここだった。自分の意思というより定点観測の職務として、最初に確認することになっている場所だったからだ。私はこれから百年おきの定点観測を五百回。つまり五万年続けることになる。各定点には一ヶ月間滞在する。だから私にとってみれば、四十一年八ヶ月だ。それが終われば定年退職となり、残りの人生は五万年後の世界ということになる。だが、これほど想像できない老後の人生というのもちょっとないだろう。

塔は破損もなく元の時代と変わらない姿で建っていた。目立った汚れもないので、本当に百年経ったのか分からないぐらいだった。五万年以上保つために相当堅牢《けんろう》に設計されていると聞いていたが、百年も経てば多少は変化しているだろうと思っていたので、最初見た時思わず「すごいな！」と声を出してしまった。時計は午後一時すぎを指していた。百年後だろうが、午後一時はやはり一時だという当たり前の出来事が妙にくすぐったくて、ほっとした気持ちにさせられた。

この一週間前、私は超長期睡眠施設で目覚めた。施設自体は特に大きな変化はなかった。壁の配色が少し変わったぐらいで本当に百年も経ったのかと疑うぐらいだった。もちろん、スタッフは全員変わっていたが、元の時代にもいそうな普通の風貌《ふうぼう》の人々だった。ただ皆、どこか平穏と悲しみが一体化したような、不思議な表情をしていた。未来経過観測員という役職はこの時代でも機能していた。実はその点が一番不安だったのだが、案外と国の仕組みは百年程度ではへこたれなかったようで、妙に感心した。むしろ、揺るぎない国家事業の柱となっていた。目覚めてから一週間は外出できず、いわゆるリハビリだった。肉体の劣化を完全に停止させていたとはいえ、百年ぶりに身体を動かすためには定められたプログラムをこなす必要があった。周りのスタッフに自分を好奇な目で見る者はいなかった。考えてみれば、私のように職務で未来に来た者以外にも超長期睡眠をした人間はたくさんいるはずだ。百年前から目覚めた人間自体はそれほど珍しくない存在なのかもしれない。

しばらくしてから、施設の設備自体は見た目以上にかなり進化していることに気づいた。例えば、ベッドのシーツを取り替える必要がなかった。汚れを自動的に分解できるナノボットがシーツの縫い目に常在していた。同様の技術で身体の汚れを分解するクリーニングユニットというものもあった。また、物品から人間の排泄《はいせつ》物まであらゆるものが完全リサイクル社会となっており、この施設単体でも全てが再生運用されていた。だが何か文化的な変化があるかというと、意外とそういう面では大きな違いは見られなかった。紙を使う文化はなくなり、あちこちにＡＩボットが存在し、空にはドローンカーが所狭しと飛び交っていたが、各家庭での衣食住、学校、病院、スポーツ、芸術鑑賞、ショッピング、職場といった社会構造自体は、ほぼ変わっていなかった。この百年間の歴史を情報端末でざっと確認したが、未来に旅立つ前に把握していた国家計画もほぼ予定通り進んでいて、ひょっとしたらとんでもないディストピアになっているかもと想像していた自分にすれば、少し拍子抜けだった。当時問題となっていた地球温暖化や、世界の分断、汎用《はんよう》ＡＩに関する問題も、この百年間でそれなりに改善されていた。人間はいざとなると、案外落とし所になる道を見《み》出《いだ》すのかもしれないと、私はあごを摩《さす》りながらぼんやりと考えた。そして一週間が経ち、私は職務に従って時計台にやって来たのだった。

　時計台を眺めていると、背後から声をかけられた。振り返ると、一人の老人がいた。かなりの高齢のようだ。この時代に知り合いはいないはずだが、その老人と目が合った瞬間、「あ……」と声を出してしまった。自分はこの人物を知っている。

「ひょっとして……部長ですか？」

　老人は破顔した。そうだ、この顔をくしゃっとさせる笑い方。変わっていない。自分の上司だったヤマジ部長だ。いや、今も組織上では上司かもしれないが。

「モリタ君。久しぶりだね。もっとも君にとっては、つい先々週のことかもしれないが」

「部長……まさかご存命だとは。軽く一五〇歳は超えていますよね。そうか、医療技術の発達で寿命が延びたんですね」

「いやいや、そうじゃないんだ。たしかに今の時代は寿命が以前よりずいぶん延びているが、私の今の年齢は九〇歳だよ。実はね、私も超長期睡眠をやったんだよ」

なるほど、私は合点がいった。部長はこの百年間のどこかで何十年か眠っていた。そう考えれば何も不思議な点はない。しかし部長は当時とくに未来への願望はなかったはずなので意外だった。となると、ひょっとして病気のため……。

ヤマジ部長は私の考えを察したのか、そうじゃないという風に手を振った。

「いや、別に病気になったとかじゃない。実は君に会うために未来に来たのだよ。君に直接伝えたいことがあってね」

私は目を丸くした。私のため？　直接伝えたいこと？　書類や記録データではなく、こうやって顔を合わせて口頭で伝えなければいけないこととは一体……。私は予想していなかった部長の言葉に戸惑った。

「こういう言い方をすると、えらく大層に聞こえたかもしれないね。いやすまん。そんな話じゃないんだ。重大な仕事の話なら、もっと確実な伝達手段を取るし、正式なデータとして君に送るよ。どっちかというと、どうでもいい話だ」

私はますます困惑した。どうでもいい話のために、わざわざ未来に来たというのか？　なんと答えてよいか分からず、私は黙って部長を見つめ言葉の続きを待った。

「私にとってはずいぶん昔のことなのだが、君にはつい先々週のことだから、覚えていると思うよ。あの壮行会の時の話だ」

壮行会。任務で超長期睡眠に入る前に部門の人たちが開いてくれた会のことだ。たしかに先々週にあった。だが、その時何かあっただろうか？　私は何も思い当たらなかった。

「いや、本当に大した話ではないんだよ。あの席で、私は君にこう言ったと思うんだ。この国の未来を見届けるというのはすごいことだ、その意味では君が羨《うらや》ましいってね」

確かにそのようなことを言われた気もする。だが、私もだいぶ酔っていたので、はっきりとは思い出せない。たぶん確かにすごいことかもしれないぐらいは自分も思った気がする。しかし、自分にとってはつい先々週のことにもかかわらず、ここまであやふやにしか覚えていないのに、そんなささいなことを部長は何十年もずっと覚えていたのか？　いったいなぜ？

「あの時は私も軽い気持ちでそう言ったんだ。だが店を出た後どうも気になってね。言った時は君の後押しになる言葉かなと思ったのだけど、よくよく考えれば、一人で旅立つ君に対してちょっと失礼な言葉だったんじゃないかってね。だって君たち未来経過観測員に全部丸投げするようなものだろ？　しかも僕は君の上司だというのに、その報告も聞かずに引退することになる。もちろん、それ前提で受けてもらっているから、そういうものかもしれないけども、だからといってそんな軽い気持ちでかける言葉じゃなかったんじゃないかなと思い始めたんだ。次の日にね、一言君に詫《わ》びようと思ったんだが、なんだかそれも余計に蒸し返すような気がして結局言いそびれてしまった。そして君はそのまま未来に旅立った。仕方ないかと思ったんだが、なんだかね、その事がずっと心の中に留《とど》まっていたんだよ。君にもう直接伝えられないと思えば、なおさらね。それから四十年ほど経ってね、やっと気づいたんだ。直接伝えに行けばいいじゃないかってね。我ながら気づくのが遅すぎて呆《あき》れたよ」ヤマジ部長はそう言って顔をくしゃっとさせて、すまなそうに笑った。

「あの時は少し無責任な言い方をした。申し訳ない」

私は信じられない思いで、部長を見つめた。

「そんな風にまったく思わなかったですよ。部長、とんでもないです。嘘でしょ？　そんなことで未来に来たんですか。ちょっとその方が衝撃ですよ」

部長は、はにかんだ表情で頭をかいた。

「モリタ君、そういうけどね。こういうのは心の底でずっとくすぶり続けるんだよ。普通ならその内忘れただろうが、今思えば僕がずっと忘れなかったのは、未来に行って君に会えるという選択肢があったからだろうね」

私は呆気《あっけ》にとられたが、部長はすっきりした顔をしていた。「それに、君が一〇〇年目の定点観測をね、無事に目覚めてやれているかも、やっぱり気になったわけだよ。元上司としてね」

ヤマジ部長とはその後、街のコーヒーショップ（驚いたことに、自分が知っているチェーン店がまだあった）で会話をした。実は部長も先々週に目覚めたばかりで、あまりこの時代のことは知らないようだった。なので、話はもっぱら過去の話題で盛り上がった。部長からは自分が旅立った後の世間の出来事が聞けた。情報端末である程度知っていたものの、実際に人の口から聞く生の話は新鮮で面白かった。部長はすでに前の時代で定年退職していたが、私はこれから書くこの時代の調査レポートをこっそり送信すると伝えてから別れた。

残りの三週間はあっという間に過ぎた。レポート自体は二週間ほどで完成した。自分がもともといた時代との差異を所感として加えたものの、この時代の人々が知っている事実の焼き増しのような内容になり、やはりこのレポートの意義が自分にはピンと来なかった。完成したレポートはあまり馴染《なじ》みのないこの時代の上司に提出した。そして同じ内容をこっそりと元上司のヤマジ部長にも送信した。部長からは特に返事はなかった。

次の時代に旅立つ前日、私はふと思い立ち、ヤマジ部長が現在住んでいるマンションを訪ねた。なんとなくレポートの感想を聞きたい気持ちになったからだ。

マンションの部屋には誰もおらず、空室となっていた。もしやと思い、私は管理人を訪ねた。ヤマジ部長は亡くなっていた。どうやら私と会った翌日、静かに息を引き取ったらしい。葬儀もすでに終わっていた。

私は大きなショックを受けたが、それに加えて、自分の生まれた時代と唯一繋《つな》がっていた糸が、ぷっつりと切れたような孤独感を覚えた。

　そして翌日。私は気持ちの整理がつかないまま、予定通り次の百年後未来に向けて再び超長期睡眠に入った。

定点観測〈二〇〇年目〉

目覚めた時、一瞬、私は超長期睡眠装置が作動しなかったのかと思った。そのぐらい周りの環境に変化がなかったからだ。眠る前とまったく同じ部屋で、部屋にあった物品も同じ、なんなら、椅子にかかっていたブランケットまでそのままの状態だった。だが実際には百年経過していた。どうやら、この部屋だけ完全に百年前と同じ見た目にされていたらしい。そのことが分かったのは、スタッフと対面した時だった。彼らの見た目は、自分が知っている人間とはまるで違っていた。どうやら、バイオテクノロジーの進化で、身体のあらゆる箇所をまるでオプションパーツを装着するかのように改造できるようだった。

「モリタ氏が目覚めた際に、ショックを受けないためでしてね。この部屋だけは百年前と完全一致で同じ見た目にしてあるんですよ。もちろん、中身は現代のものに置き換わってますが」こう言ったスタッフは、自分には男性なのか女性なのかすら分からなかった。頭髪はなく、というか全身の体毛がなく、目はまぶたのない綺麗《きれい》なビー玉のようなものが埋め込まれていた。驚いたことに、その目は顔の前面だけでなく、後頭部にもあった。一体まわりがどのように見えているのか、想像もつかなかった。

「超長期睡眠から目覚めた方は、たいてい私たちの姿に驚きますがね」彼（とりあえず彼と呼ぶことにした）は楽しそうに言葉を続けた。「部屋から出るともっと驚きますよ。ようこそ二三世紀へ」

部屋を出ると確かに驚くべき光景だった。広いラウンジがあり、そこにはあらゆる姿の人がいた。人……なのだろうか？　いや、確かに人だとは思った。元々は人だという面影はある。だが、その原形はかろうじて感じ取れるレベルだった。きっと皆大昔にさかのぼると人間という共通の祖先に繋《つな》がるのだろうなと思えるレベル。工業製品と生体の融合、デジタル世界から抜け出したかのようなスポーティーなフォルム。肌の色が違うどころか、透明色の者までいる。もはや多様な人種というより、私は昔マンガで読んださまざまな姿の異星人が集まってくるホテルのロビーを思い出した。

「かつて性差であったり、マイノリティに対しての偏見があった時代もあったようですけど、今はまったくそういうのはないですよ。なにせ、全員が違いますからね。そもそもマジョリティという概念自体がなくなりましたから」ビー玉の目をもった彼はどこか誇らしげな口調で言った。

よく見ると、普通（私と同じ姿をした）の人間もちらほらといた。おそらく、自分のように超長期睡眠で過去からやって来た人たちに違いない。ビー玉の彼にそのことを尋ねると、

「一概にそうではないですよ。この時代にも生まれた時の姿のままの人も結構いますし、

逆に過去から来て、リモデリングで肉体改造した人たちも結構います。いずれにせよ、各人の自由ですよ。こうでないといけないとか、そういう考えは今の時代にはないですから」ビー玉の彼はそう言って、甲高い奇妙な声で笑った。

私はリハビリを経て三日後、時計台に向かった。何となくそんな気がしていたが、そこは何も変わっていなかった。百年前にヤマジ部長と出会った当時のままだった。あいかわらず人気《ひとけ》はなく、時計台はやはり、午後一時すぎを指していた。この時計台にとっても百年は私と同じように一瞬なのかもしれないなと、ふとそんな気がした。

「百年は一瞬だが、けど時代は明らかに変わったな」私は一人つぶやいた。

もう背後から声をかけてくれるヤマジ部長はいない。私はこの二〇〇〇年目の時代に自分との接点を何も見出《みいだ》せなかった。かつてあった借金は、預金から引き落とされてとうに返済済みだった。それ自体は嬉《うれ》しかったが、借金すらある意味、過去との接点だった。今は本当に何もない。良いことも悪いこともない、プラマイゼロ。過去と接点がない自分は、けれども自分が望んだことでもあった。自分が生きていた時代には何も執着心はなかったし、うんざりもしていた。

私は柔らかな日差しに照らされている時計台を見つめながら、過去の自分を思い出していた。

借金ができたとき、裏切られたと思うよりも、たいして親しくもなかった知り合いの保証人になった自分の間抜けさにうんざりした。思えば昔から自分は周りに流されることが多かった。そしていつも後になって後悔する。小さいころ縁日に行った時、一緒に行った悪友にそそのかされ、くじ引き（一等は長年鎮座しているらしき埃《ほこり》をかぶったゲーム機）に小遣い全部を使い切ってしまい、家に帰ってから親にこっぴどく怒られたり、高校生のころ、まるで興味のなかったインディーズバンドのライブに連れて行かれて、その後一週間以上耳鳴りに悩まされたりと、ことあるごとに深く考えずに流され、そしてうんざりした記憶だけが蓄積されていく、そんな子供時代だった。

そして大学を出て社会人になった頃、両親が事故で死んだ。信じられないことに二人は隕石《いんせき》に当たって死んだ。隕石に当たって死んだ人間は歴史的にみても数例しかなく、まず起きない出来事であり、さらに二人同時に一つの隕石で死んだというのは確率的にトンデモないことだった。しかも隕石に当たった時、二人はなんと南国の海水浴場でバナナボートに乗っている最中だったのだ。そのため当時海外でもニュースになった。歴史上最も残酷で悲喜劇的なホールインワンだと。

私は両親が亡くなったことのショックを受ける前に、「一体何のジョークだ」と思わず叫んだ。もちろん悲しかったが、それとは別に思ったのは、何とも言えない無力感というか、人間なんて宇宙から見たらアリンコみたいなものだという卑屈な気持ちだった。人生は本当に何があるか分からない、そして、対策を打つことができない事象は容赦無くあらゆる所からやってくる。人は運命に対して本質的には無力であり、今の社会はそこまで助けてくれない。そういった虚無な心境だった。

両親が隕石で亡くなった後、勤めていた会社をやめ、その後は職を転々とした。どれもあまり長続きしなかった。どこか一箇所に居続けると災難に巻き込まれるんじゃないかという強迫観念に似た感覚があった。さすがに隕石に当たるとは思わなかったが、何かが起こる確率がじわじわ蓄積されていくような気分がして息苦しくなった。そんな時に、以前の職場にいた人間の保証人になったことで、予想だにしていなかった借金ができた。これこそ、まさに災難だった。そして結局、どこにいても災難に巻き込まれるということが分かり、私はいつしか真っ新《さら》な安住の地を求め始めていた。

ひょっとしたら未来なら……新しい世界なら、何か革新的な方法で無力をカバーしてくれているのではないか？　運命に身を委《ゆだ》ねるしかないちっぽけな人間ではなく、この宇宙とガチンコ勝負ができ、あらゆる脅威に打ち勝つほど高度に進化した人間社会が到来するかもしれないと考えるようになった。それが超長期睡眠が世間に登場してから、私が漠然と思い描いた、まったく他力本願的な未来像だった。

そして私は今未来にいる。自分とはまるで接点がない新しい世界に。科学は進み、人類は、偶発的な事故や病気とはほぼ無縁の理想的な世界を構築していた。肉体を好きなように改造することすらできる。面倒な仕事はＡＩが全てやってくれる。自ら望んで過去を捨て、やって来た新しい時代は期待通りの時代だった。

けれど……私は思った。考えてみれば、私はこの先どの時代にも安住できない。言ってみれば一ヶ月ごとに転校しづける小学生のようなものだ。新たな知り合いができても、すぐにお別れとなり、その時代の勝手がわかってきた頃にはスリープだ。私はこの先五万年続く未来に、今さらながら泣きたくなるような孤独を感じた。


とはいうものの、観測の一ヶ月間はそれなりに楽しいものだった。新しいゲームを手に入れた時の感覚に似ているかもしれない。見るもの全てが新鮮だった。一番驚いたのは、あらゆるものが無料だったことだ。社会のインフラ、生産、物流、サービス、労働は全てAIが一手に引き受けていた。エネルギーは宇宙に設置された太陽エネルギー集約システムによる完全再生可能エネルギーで賄われ、人々には健康で自由な暮らしが保障されていた。

私は街を散策した。どこに行くにも超伝導レールを走るキックボードのような乗り物で自由に移動でき疲れることなくあちこちを見て回れた。感覚的には自分が住んでいる街に新しい巨大なショッピングモールができて、そこを新鮮な面持ちであれこれ見て回るのに似ていた。ただ、思ったのは一ヶ月は確かに妥当かもしれないということだった。見慣れるにつれやはり飽きてきた（その点も新しいゲームに似ている）。自分の中で日常化すると観測という視点は持ちづらい。

また、この時代の懸念点として気づいたのは、あまりに社会がＡＩに頼り切りではないかということだった。人間の生活基盤がここまで全てにおいてＡＩに依存していることにリスクはないのだろうかと。あらゆる分野のベースにＡＩが存在し、果ては眠る時の枕のポジションまでＡＩによるジャッジメントを人々が求めているのは、いささか引くものがあった。何の不自由もなく自由に暮らせる事と反比例するように、人間本来の自由意志を放棄しているように見えたのは皮肉に思えた。

私は、もしＡＩが何か不具合でも起こしたら、社会は一日どころか、一時間も持たないだろうなと感じた。


そして一ヶ月はあっという間に過ぎ、超長期睡眠に入る日となった。

見送りにビー玉の彼が来てくれた。私は彼にこの先未来はどうなると思うかを聞いてみた。

「もう社会はある意味最終形かもしれませんね。モリタさんがこの先何度目覚めても、きっと変わらない安心、安全の社会が続いていると思いますよ。まぁ、変わってるとすれば太陽系全体に社会が広がってるかもしれませんね。健康寿命がどんどん延びて、人口は増える一方ですからね」

私はなんとも言えなかった。そうかもしれないと思いつつも、この一ヶ月の観測で、自分にはそこまでその確証を感じ取ることができなかった。

彼に軽くうなずき返すにとどめ、私は超長期睡眠の眠りについた。

定点観測〈三〇〇年目〉

目覚めると、周りに誰もいなかった。というより何も見えなかった。完全な漆黒の闇で自分が目を開いたのかすら分からないぐらいだった。ひょっとしたら夢でも見ているのかと思ったが、手は動かせるし、ひんやりした少し薬品のような匂いが鼻を抜けたので、明らかに目覚めていた。しばらくすると、だんだん目が慣れてたのか、うっすらと光を感じた。どうやら扉の隙間から細く漏れている光のようだ。

「おはようございます」

おもむろに扉がスライドし、そこに球体が浮いていた。今の声はこの球体から出たようだった。まだモヤモヤと意味不明な理屈が頭をもたげてくる覚醒《かくせい》途中の頭で私は、大昔のテレビアニメに出てきた球体キャラを思い出した。

「未来経過観測省のロエイです。モリタさんおはようございます。ちょっと色々とバタバタしておりまして、照明がついておらず大変失礼しました」球体はそう言った。遠隔操作のスピーカーかもしれない。それともAIにロエイという名前がつけられているのだろうか？　あいかわらず状況が飲み込めなかった。

「モリタさん、肉体は完全にチューニングしているのでリハビリは不要です。さっそく来てください。ここは少々危険ですので」ロエイという名の球体はそう言うと、部屋の外に誘導し始めた。危険という全く予想していなかった単語に私は面食らった。この施設で何か不慮の事故でも発生しているのだろうか。その時初めて、今いる施設が百年前にいた建物と全く異なることに気づいた。部屋を出ると、乳白色に全体が光った通路があった。角がなく全体的にゆるやかに丸みがかっている。壁面の材質はまるで見当もつかなかった。床がわずかに振動している。ロエイは滑らかにどんどん進んで行った。私は置いていかれると何かとてもまずい気がして、慌てて追いかけた。

半円状の大きな広間に出た。そこに巨大なカーブを描いた窓が並んでいた。窓の外には雲が見える。その景色を見て私は違和感を覚えた。雲がまるで山頂から見る雲海のように見えたからだ。今ひょっとして自分は超高層ビルにいるのだろうか。

「直接見てもらった方が早いでしょう」ロエイがそう言うと、私に窓から外を覗《のぞ》くように促した。私は窓際に立った。そして驚愕《きょうがく》した。

空を飛んでいた。自分はどうやら飛行体に乗っているらしい。だが、衝撃を受けたのは、そのことではなかった。空に巨大なクラゲのような物体が、たくさん浮かんでいるのが見えたからだった。直径数百メートルはありそうなエチゼンクラゲが浮かんでいる。どうみても人工物には見えない。吐き気をもよおす化け物だった。

「未来経過観測施設は現在あれに攻撃されています。回避行動のため、モリタさんの起床に立ち会うことができませんでした。申し訳ございません」

攻撃？　戦争にでもなっているのか？　頭がまったく状況についていけない。それでも私はかろうじて一つだけ質問できた。

「あれは一体何なんだ？」

ロエイは一瞬間があった後、答えた。「分かりません」

私はぽっかりと口を開けて、球体のロエイを呆然《ぼうぜん》と見つめた。


「この時代は、正体不明な敵が数多くいるのですよ」

エチゼンクラゲの群れから、何とか退避した後、私は窓際の床からキノコが生えるように現れたテーブル席に座り、ロエイの説明を聞いていた。

「ＡＩとバイオテクノロジーが絡み合ったＢＡＩ《バイ》体が葛《くず》（グリーンモンスター）のように猛然と繁茂しまして、もう誰も理解できないような怪物が地球上を蹂躙《じゅうりん》しているのです」

私は、まるでＢ級ＳＦ映画のあらすじのような、まったく現実感のないロエイの話を、あいかわらず口を半分ぽっかり開けて聞いていた。ちなみに、ロエイはＡＩではなかった。れっきとした人間《ヒューマン》だった。ただ肉体を完全にハードウェアに移換した言わばポストヒューマンだった。この時代にも百年前にいた肉体の一部を改造したハイブリッド型の人間もいたが、多くの人間は病気や老化から解放された完全ハードウェア化の道を選んでいた。この話を聞いた時は、思わず私は吹き出した。もはや私が職務を勤める意味は全くない。ポストヒューマンに任せる方が確実だ。五万年どころか百万年でも観測してくれるだろう。超長期睡眠する必要すらない。その事をロエイに言うと、そうとは言い切れないと言う。

「モリタさんがやることに意味があるのですよ」ロエイは空中でくるくる回転しながらそう言った。「全国にいた約五十名の未来経過観測員は、この動乱で激減しました。今回、無事に復活したのはモリタさんを含めて八名です。国はこのレポート記録をとても重視しています。人間のままの人間が同一目線で記録し続けること、そのことに意味があると考えているのです」

正直それどころではないこの時代で、自分にはまったく意味があるとは思えなかったが、今この点を議論する気分にはなれなかった。だが、一つだけ気になっていた事を聞いた。

「あの時計台は……この状況じゃもうないよね？」

ロエイのモノアイがピカピカ点滅した。「いえいえ。もちろん、無事ですよ。あれは国家の総力を挙げて守っていますから」

本気で意味が分からなかった。あの時計台を守ることに国家の総力を？　なぜ？

「ですので、本施設はいま時計台に向かっています。何と言っても、モリタさんの定点観測のスタート地点ですからね」

　時計台は確かに無事だった。しかも百年前と本当に変わりがなかった。驚異的な時計台だと私は半ば呆《あき》れた。ただ、周りは物々しい雰囲気に変わっており、ライトブルーの強化壁によって全体が守られていた。なので外側からは時計台はまったく見えず、巨大なペンキャップのような強化壁しか見えなかった。そういえば、昔こういうのがあったなと私は思い出した。チョルノービリの石棺だ。ただ、あれの場合、これとは目的が真逆ではあったが。この強化壁の建造に莫大な国家予算が投じられたという。確か時計台は全国に五十箇所あったはず。全てにこの対策がとられているのだろうか。私はペンキャップ以外が焦土と化したこの国を想像して、吐き気がするような気持ちになった。

「どんなタイプのＢＡＩ体が襲って来ても、突破されないように設計されています。ただ、もし相手の総攻撃を五百年受け続けると、突破されてしまうと計算されてはいますけどね。まぁ、その頃までにＢＡＩ体問題が解決していることを祈るばかりですよ」

　ロエイはふわふわと浮かびながら、祈っているようにまるで思えない平静な口調でそう言った。時計台についてはこれ以上興味が湧かなかった私は、このふわふわ浮かんでいるロエイは一体どういう技術で空中浮遊しているのかが気になり、ロエイにそのことを聞いた。彼の回答は、原理は不明ということだった。全てＡＩが生み出したＢＸ（ブラックボックス）テクノロジーだという。

「ＡＩのＢＸテクノロジーは、常温常圧超伝導体を合成したのが最初でして、人間にはその原理がまったく理解できませんでした。そこから先は人間は深く追究するのをやめてしまったんです。なぜなら、追究する前に、次から次へと新しいテクノロジーがＡＩによって生み出されましたからね。とても追いつかない。それよりも享受する道を人類は選びました。そういう私自身もほぼ全てＢＸテクノロジーの賜物《たまもの》ですよ」

話によると、このペンキャップもＢＸテクノロジーによるものだそうだ。つまり、ＡＩが生み出したＢＡＩ体と、ＡＩが生み出したＢＸテクノロジーの矛と盾対決というわけだ。

私は呆れて笑いが鼻からもれた。人間は関係ないじゃないか。土俵にすら上がっていない。

皮肉な笑みを浮かべていた私を見たロエイは、その心境を察したのか、こう言葉を続けた。

「だからこそ、モリタさんたち未来経過観測者の存在意義があるんですよ。当初のことは私も分かりませんが、今となっては、モリタさんたちは人類の最後の砦《とりで》です。なぜなら、この国の未来史を本来の人間の目で記録できるのはあなたたちしかもういないのです。私のようなＢＸまみれの人間にはその役目を担えない」

そう言って、私を見つめるロエイのモノアイには、どこか羨望《せんぼう》の色が光っているように見えた。

一ヶ月間の定点観測は衝撃と悲しみでいっぱいだった。国は壊滅的だった。ロエイのようなポストヒューマンは空間を飛んで逃げ回る存在に過ぎなかった。その姿はあれに似ていた。頭上を飛び回る小蠅《こばえ》だ。一方、ＢＸテクノロジーを嫌うごく少数の人間は地下に潜んで生きていた。私はその何人かに会った。その中で、ある一人の青年が言った言葉が忘れられなかった。

「結局ね、人間は所詮《しょせん》人間だったたってことさ」

私が再び超長期睡眠に入る時、ロエイが立ち会ってくれた。私はこの職務を継続する意味が本当にあるのかと彼に尋ねた。それよりも、この時代でやるべきことがある気がしたのだ。だが、ロエイはそれには直接答えず、こう言った。

「どんなことがあっても、モリタさんの睡眠装置は守りますよ。絶対に。それが私の人間としての唯一の意地ですから」

そして、私は四〇〇〇年目の未来に旅立った。

定点観測〈四〇〇年目〉

心地よい目覚めだった。まぶたに柔らかな陽射しを感じ、手足は肌触りのよいシーツの感触を楽しんでいる。耳に小鳥がさえずる声が届いた。そこで私は驚いて目を開いた。ベッドに寝ていた。そのベッドは病室にあるような無機質なデザインのものではなく、古い映画に出てきそうな無垢《むく》の木材でできたアンティークなベッドだった。ベッドの脇にはリネンのカーテンが掛かった窓があり、窓の外には微風に揺れる鮮やかな緑の木々が立っていた。私はひょっとしたら今までずっと夢を見ていたのだろうか。未来経過観測員となり百年ごとの定点観測をしているという悪夢を。ぼうっとする頭でそんなことを考えていると、部屋の扉が開いた。私は扉の外を見て、夢ではなかったと瞬時に理解した。そこには球体人間のロエイが浮かんでいた。

「百年ぶりですね。モリタさん。おはようございます」

まるでアルプスの山に建つログハウスのようだった。私が目覚めた建物は木々と芝生に囲まれた緩やかな丘の上に建っていた。私はログハウスのテラス席で柔らかな曲線で構成されたライトブラウンの木製チェアに座り、本物の香りのするコーヒーをすすった。向かいにはロエイがふわふわと浮かんでいた。

「心底驚いたよ。ロエイ君。人類は勝ったんだな。そして平和な世界を取り戻した」

ロエイはモノアイを点滅させ、こう答えた。

「まさか、モリタさん。私たちは敗走中なんですよ。現在オールトの雲を通過しています」

オールトの雲……それは……何の雲だっただろうか。何か特殊な積乱雲……いや、その雲ではなかったような。私が黙っているのを見て、ロエイは補足した。

「オールトの雲は太陽系の外側、太陽と地球の距離の一万倍以上離れた小惑星領域のことですよ。私たち人類は、八十年前から宇宙を旅し続けています。ＢＡＩ体から逃げるためにです」

私は気管に入ったコーヒーでむせ返って、咳《せき》がしばらく止まらなかった。

ロエイの説明によると、人類は増殖し続けるＢＡＩ体を食い止めることが出来なかった。世界の人口は激減し、残った人類はＢＸテクノロジーを爆発的に進化させることによって、〈浮島〉を生み出した。浮島とはスペースコロニーのような宇宙空間移動体のことであり、ノアの方舟《はこぶね》よろしく人類および一部の生態系を、まるごとごっそり母なる地球から脱出させることができる第一九世代超巨大宇宙船だった。浮島は全部で八隻。ＢＡＩ体の追跡をかいくぐるため、それぞれ別々の八方向に宇宙の深淵《しんえん》に向かって旅立った。人類全滅を避けるための苦渋の選択だった。私が搭乗しているのは第七浮島。それぞれの浮島に一名ずつ生き残った未来経過観測員が乗っているらしい。あれと共に。

私は丘の向こうに目を向けた。遠くに霞《かすみ》で青白く見える塔があった。あの時計台らしい。時計台を積み込むために国は多大の犠牲を払ったという。私はロエイに色々言いたいことがあったが、出た言葉は一言だけだった。

「馬鹿じゃないのか」

人類が地球を捨て宇宙に逃亡するという未曾有《みぞう》という言葉では足りない超非常事態に、未来経過観測員やら時計台など本気でどうでもいいではないか。救いようのない馬鹿げた話だ。だが、私はそう思いつつも、すでに互いに一光年近くも離れている同じ未来経過観測員のことに、ふと思いを寄せた。結局一度も会うことがなかったなと。ひょっとしたら何百年目かの定点観測（もはや定点とはなんぞやだが）の際に、同窓会的な対面があるやもと少しは期待していたのだ。素性どころか名前すら知らない同僚たちだったが、その時は「お互いよくここまで未来に来たよね」などのやり取りをしてみたかった。だが、それはもう叶《かな》わないだろう。

ロエイに一通り状況の説明をしてもらった後、例によって時計台参りに行くことになった。ロエイを大きくしたような球体の乗り物で向かう。操縦は不要で五分ほどで到着した。

時計台はあいかわらず同じ顔をしていた。自分が最初に旅立った時代の時と瓜二《うりふた》つの姿。さっきは怒りが込み上げたが、実際に間近で見ると懐かしい友に出会った気分にはなった。時刻は午後一時すぎを指していた。この時刻は地球にあった自分の国の時間帯ということなのだろうか。オールトの雲を通過中でもこの時刻でよいのだろうか。この時刻が意味する時刻とは一体何なのだろうか。自分でもよく分からない思考が頭をめぐった。

「ＢＡＩ体は太陽系の全質量エネルギーを掌握し、太陽をぐるりと囲む直径十億キロのいわゆるダイソン球を形成しました」

時計台参りから戻った後、ロエイは仕事場とは名ばかりのログハウス内のゆったりとしたリビングで話の続きをし始めた。ダイソン球とは、二〇世紀にアメリカの物理学者フリーマン・ダイソンが提唱した、恒星をすっぽり包むように取り囲む卵の殻のような人工物のことで、恒星の莫大《ばくだい》なエネルギーを全て逃すことなく利用できる究極のスペースコロニーだ。

「連中はそこからさらに太陽系外に向かって増殖するアメーバのように勢力範囲を広げています。そして、あらゆる星間物質を取り込もうとしています。それこそ水素原子一個すら逃しません。拡大速度はそれほどではありませんが、私たちは取り込まれないためにも太陽系から脱出するしかありませんでした」

「地球はどうなったんだ？」私はもはや聞いても仕方がない質問をした。

「もちろん、ありませんよ。地球を構成していた原子なら連中のダイソン球のどこかのパーツになってるかとは思いますが。いや、ひょっとしたら素粒子にまで解体されて別の必要原子に作り替えられているかも……ありえますね」

　私はロエイが語るダイソン球についてはそれ以上聞きたい気持ちがおきず、目下知りたい質問に切り替えた。

「……それで、我々はどこに？」

「そうですね。とにかくＢＡＩ体の追跡が完全になくなる距離まで逃げ続けなくてはいけません。ただ、連中は天敵がいないネズミの群れのようなものなので、この宇宙に物質エネルギーがある限り、果てしなく宇宙に増殖しつづける可能性はあります。言うなれば、宇宙全取りですね。オセロに喩《たと》えれば全部黒にするみたいな。そうなると、人類どころか、他の星の生物たちにとっても終わりです。まぁ、異星生命がいるかどうかは知りませんけども。いずれにせよ、逃げ続けるしかありません」

　私は長いため息をついた。悲しみとやるせなさと虚無感をねっとりとこね合わせたようなため息だ。人間は本当に恐ろしいものを生み出してしまったものだ。この宇宙を破壊する存在を放ってしまったのだ。恐るべき大罪だ。私は震えた。この罪からは永遠に逃れられないかもしれない。そして、私たちは永遠にさまよい続ける。それこそ、幽霊船伝説のさまよえるオランダ人のように。

私が黙りこくっているのを気にしたのか、ロエイが明るい調子に変えて話を続けた。

「まぁ、とはいえ逃げ続けている限りは大丈夫ですよ。おそらく相当の年月の間は。そして、モリタさんもお気づきのように、この浮島はかなり快適なんです。地球の環境をかなり再現していますから。言うなれば、ミニチュア版の地球といったところですね」

「さまよえる惑星ってわけだ」

私は皮肉っぽく言ってみた。ただ、確かにロエイが言うように、環境は素晴らしかった。空気は澄みきって、薫風が心を落ち着かせる。食べ物にも不自由はしていないようだった(実際に食べ物を必要とする私のような旧人間がごく少数だったというのもあるが)。人々はBXテクノロジーが生み出した完全無欠のエコシステムの中で、気楽に暮らしている。当然仕事をする必要もない(私を除いて)。自由にただ、まどろんで暮らしていれば良かった。

「皮肉に聞こえるかもしれませんが、人類は地球では落伍者でした。けど、そのおかげで浮島という理想郷を手に入れたのです。モリタさんが最初、状況を勘違いして言われた言葉は、ある意味正しいかもしれませんよ。人類は部分的には勝ったのです。少なくとも今人類は幸せですから」ロエイがおそらく結論として言おうと考えていたであろう言葉を穏やかに、それでいて力強い調子で口にした。

私はしばらく黙って、手元のコーヒーとこんがりと焼かれたクロワッサンを見つめていた。ロエイが言ったことは、分からないこともなかった。だが、本当にそうだろうか。宇宙に対しての大罪という問題を置いておいたとしても、この浮島はそこまで本当に完璧《かんぺき》なのだろうか。不慮のトラブルで立ち往生し、ＢＡＩ体に追いつかれる可能性は？　そもそも浮島はＢＸテクノロジーによって作られている。言ってみればこれもＡＩの手先かもしれない。突然ＢＡＩ体と結託するようにプログラムされているかもしれないではないか。そして、一番の問題は人間はそのことに気づけないということだ。なにせ、ＢＸ（ブラックボックス）なのだから。今の人間は、川を流れる落ち葉の上に乗ってしまって逃げられないアリと変わらない。自分たちで舵《かじ》を取ることもできない。

私はクロワッサンをかじった。けれど、アリは落ち葉が沈むまで自分に何が起きたかに気づきもしないか。その直前までアリは何も悩まない。たぶん幸福だ。私はふいに乾いた笑いをもらした。笑いはしばらく止められなかった。クロワッサンは異様に美味《うま》かった。

その後の一ヶ月間、私は仕事をした。未来経過観測員としてのレポート作成の仕事だ。浮島の何人かの住人を訪問し、いくつか話を聞き、そしてゆったりとしたリビングで美味いコーヒーをすすりながら、端末に向かってカタカタと入力する。申し訳ないぐらい快適だった。だが住人の話に深みはなかった。何かに似ていると思ったら、ゲームのＲＰＧでよくある村人の会話だった。同じようなことしか言わないところがそっくりだった。私は人類はＢＡＩ体に追いつかれなくても、消えていくかもしれないなと思った。なぜなら、ここの住人はそのうち生きていることすら面倒に感じるようになりそうだったから。

一ヶ月後、私は再び超長期睡眠に入る日を迎えた。前回と同じようにロエイが見送ってくれた。ロエイは、また百年後に会いましょうと言ってくれたが、私は次はもう目覚めない気がしていた。人類はフェードアウトしている。それが私のレポートの所感だった。あと百年も正直保《も》つまい。

だが、そのことをロエイには言わず、私は深い眠りについた。

定点観測〈五〇〇年目〉

私は叩《たた》き起こされた。目の前に仁王立ちした大男が私の顔を覗《のぞ》き込んでいる。

「目覚めたか！　タイムトラベラー！」

その男はヒキガエル並みに巨大な口を広げ、号砲のような大声でそう言った。私は耳元で銅鑼《どら》を打ち鳴らされたように頭がガンガンした。呆気《あっけ》にとられて目を丸くして彼を見つめた。

「俺たちは勝ったぞ。安心しろ」男はあいかわらず大声でしゃべり、さらに大きな声でガハガハ笑った。男の生臭い息が疎密波となって私の顔を襲い吐き気がした。毎度のことだが、今自分がどういう状況かまったく分からなかった。ロエイはもういないのだろうか。自分が今いるのは第七浮島のままだろうか。そしてこの男は今「俺たちは勝った」と言った。それはひょっとして……ＢＡＩ体を倒したということなのだろうか？

周囲の様子が目に入った。まるで旧時代の独房のように無機質で殺風景な部屋だった。天井は継ぎ足した鉄板であちこちに錆《さび》があった。全体的に長年メンテナンスされていないように見える。自分自身は棺桶《かんおけ》のような長方形の鉄製ケースに入っていた。その中にドロドロな緑のゲルが満たされ、特大のウナギのような真っ黒なチューブがうねうねと周りに何十本も這《は》い出している。身体の筋肉が削《そ》げ落ちているのを感じた。手を持ち上げようとしたが、粘度の高いゲルが土嚢《どのう》のようにずっしり重く、動かすことすらできなかった。

「おっと、まだ動かんでいい。コンストラクトが未完了だからな。しかしお前さんよく生きてたなぁ。まったく運がいいのか悪いのか……」

男の疎密波口臭攻撃を浴びながら、私は頭からゲルにズブズブと沈められ、ふたたび意識を失った。


次に目が覚めた時は、ベッドに寝ていた。体のゲルは拭《ふ》き取られ麻で織られた浴衣《ゆかた》のような服を着せられている。着心地は悪くなかった。体のだるさも消え、顔に触れるとちゃんと肉があった。部屋自体はあいかわらず殺風景だったが、快適な温度にされている。気づくと、さきほどの男が立っていた。男は大きな口をニッタリさせて言った。

「未来経過観測員のモリタ。ロエイ丸にようこそ。大将！　やっこさん復活したぜぇ！」

後半は頭上に向かって言ったようだった。すると、別の声が室内に響いた。それは自分にとってはつい昨日まで毎日聞いていた馴染《なじ》みの声だった。

「モリタさん、おはようございます。ロエイです」

今いる場所は浮島ではなく、ロエイ丸と呼ばれる小型宇宙船内だった。もちろん、このロエイとは球体ポストヒューマン、ロエイのことだ。彼は球体のボディを放棄し、新たなボディとしてこの宇宙船と融合していたのだ。つまり私は今〈ロエイの中〉にいた。

「第七浮島は残念ながらBAI体に破壊されました。私は脱出艇だったこの小型宇宙船になることで、モリタさんを救出できました。けど残念ながら、私にできたのはそこまでで、残りの乗員を救うことはできませんでした」宇宙船となったロエイの姿は見えないものの、その声には悲しみの響きがあった。

自分だけ？　ロエイの話のあらゆる点が衝撃的であったため、一瞬聞き逃しそうになったが、自分だけとはどういうことだ？　少なくとも、ここに大男はいるではないか。私はちらりと男の方に目をやった。男はあいかわらず大きな口をニッタリさせている。「私だけって……彼がいるじゃないか。彼は人間だろ？」

ロエイはしばらく沈黙した。天井の光がまたたいた。「彼とは？」

「彼とは……って、彼だよ。ここにいる大きな彼。乗員じゃないのか？」私はそこまで言って、ふと気づいた。ひょっとして彼は人間に見えるだけで、実はAIなのか？　ロエイは宇宙船だが、一応人間だ。だから私とロエイだけ、そういうことなのか？

「ひょっとして、彼は人間型のAIなのか？」

「一体、誰のことを言っているのです？　今モリタさんの周りには人間はもちろんAIもいませんよ」

ロエイは少し心配そうな口調になってそう言った。

「誰って……」私は、大男を凝視した。どう見てもそこにいる。それにあの口臭は忘れられない。

「どうやら、大将には俺が見えねぇようだな」大口男《おおぐち》は可笑《おか》しそうにそう言った。

私は固まった。じゃあこいつは一体……。

「モリタさん、いま勝手ながら脳のMRIをとらせていただきました」ロエイの声が割り込んだ。「どうやら幻覚を見てらっしゃるようですね。モリタさんが今見ている人物は言うなれば、イマジナリーフレンドです」

私は呆然《ぼうぜん》と大口男を見た。大口は眉《まゆ》をつりあげ、ニッタリと歯を見せて笑った。

「では、そのイマジナリーフレンドが、モリタさんの前に現れ、〝勝った〟といったのですね？」

私は船の中央室に設《しつら》えられた簡易チェアに座っていた。その隣には、楽しそうな顔でニヤニヤした大口も立っている。大口が口を開いた。

「おうよ。ＢＡＩ体はもう死んでるぜ」

要するに、大口は私の妄想なのだ。つまり彼の言っていることは私の願望にすぎなくて、「ＢＡＩ体が死んで、我々が勝った」と彼が言っても、何の根拠もない話で、情報としての価値はゼロなのだ。そのことを少し情けない気持ちになりながら、私はロエイに伝えた。

ロエイは黙って聞いていた。

「確かに、我々はＢＡＩ体に勝ってはいません。現在も敗走中です。ただ……」ロエイはそこで言葉を切った。

「ただ、どうした？」

「いえ、少しだけ不思議なことがあるのです。実を言いますと、この十年、ＢＡＩ体からの攻撃がないのです。だからこそ、今我々が生き残っているわけですが」

「この宇宙船がちっぽけ過ぎて、見つかってないだけじゃないのかい？」私の頭には巨大なクジラの口から、たまたま運良く食べられるのを免れたオキアミのイメージが浮かんだ。

「まさか。ＢＡＩ体は水素原子一個すら見逃さないのですよ。その可能性はありません。といっても私も今の状況を合理的に説明できないのですが……」

「だから言ってるだろ？　大将。ＢＡＩ体はもう死んじまったんだよ」

大口が声を荒らげて割り込んだ。私の所まで口臭の風圧が届く。こいつは妄想のくせに一体何を食ったんだろう。私はとりあえず大口のことは置いておいて、宇宙船のロエイに、このロエイ丸は今どこに向かっているのかを尋ねた。

「もちろん、時計台ですよ」ロエイは至極当然とばかりに答えた。

「時計台がまだあるのか？」私は驚いて聞き返した。私はもうなんなら未来経過観測員であることすら忘れかけていたので、時計台のことなど完全に頭から消えていたのだ。

「第七浮島が破壊された際、もう一つの脱出船で時計台も脱出させたのです。時計台を死守することは最優先事項ですから、あらゆる保護対策が取られていました。それが功を奏したというわけです」ロエイの声が弾んで響く。

私はそれを聞いて、あいかわらずの意味不明な時計台の死守ぶりにあらためて呆《あき》れたものの、だんだんとそれにも慣れてきた。時計台自体にきっと意味はない。要するに御神体だ。ここには理屈を超えた信念があるのだろう。考えてみれば、生きる目的も、突き詰めれば私もうまく説明できない。生まれてきたから、せっかくだから生きているというぐらいしか言いようがない。人類の存続は宇宙からすればきっとどうでもよいことだ。けれど人類からすれば存続したい。時計台も生み出したかぎりは、残したい。今となっては人類の生きた証《あかし》でもある。だから時計台ファースト。それがいかにどうでもよいことであってもだ。とりあえず、もうその点をロエイに突っ込むのはやめて、時計台は今どこにあるのかと尋ねた。

「そこなんですよ。実はこの十年捜しているんです。BAI体の追跡をかいくぐるために、私と時計台は別々の方向に脱出しました。ところが、相対位置コネクションを確立する前に浮島を破壊されてしまったので、互いに位置をつかめない状態で離れてしまったのです。未《いま》だ見つかっておりません。この点は本当に申し訳ないです。今日はモリタさんの仕事初日だというのに……」

〝仕事初日〟という異様にシュールに響く言葉に変な笑いが出そうになったが、それはともかく、見つかるわけがない。私はそう思った。太平洋《たいへいよう》の中から一匹のプランクトンを見つけ出すようなものだ。五万年かけても私の仕事初日は来ないだろう。つまり私の未来経過観測員の任務はこれにて終了ということになる。むしろよくここまで続いたものだ。私はそう思いながら、ロエイにそのことを伝えようとした時、大口が割り込んできて、こう言った。

「お二人さん、心配すんな。俺は時計台の居場所を知っている」

一ヶ月後、時計台が本当に見つかった。大口が言った相対座標を期待ゼロでロエイに伝えたところ、ロエイは「あ……」と何か思い当たるところがあったようで、ロエイ丸はすぐさまその座標に進路を向けた。そして本当に時計台を積んだ脱出船が見つかったのだ。しかも無傷で。時計台もまったく変わっていなかった。時刻は午後一時過ぎを指していた（この時刻は本当にどういう意味なのだろうか？）。私はまじまじと大口を見つめた。ロエイは彼が見えないにもかかわらず、「大口さん有難うございました」などと慇懃《いんぎん》に言っている。私は考えた。このイマジナリーフレンド……。

本当にイマジナリーなのだろうか。

大口はあいかわらずニタニタと笑っていたが、その目にはどこか真剣な光が輝いていた。

私はレポートを書き終えた（たいして書く事はなかったが）。そしてこれを最後のレポートにするつもりだった。これ以上続ける意味はない。ロエイを一人残すことが気になったのだ。私が超長期睡眠に入れば、彼は再び一人ぼっちになってしまう。それはとても申し訳ないという気持ちになったのだ。彼には大口は見えない（そもそも私が眠ると消える気がしていたが）。ところが、ロエイは未来経過観測は死守すべきですと、頑《かたく》なに私を再び超長期睡眠させようとした。

「この仕事はモリタさんにしかできないのです。ここでやめれば、人類の未来史が途絶えてしまう」ロエイは折れなかった。ひょっとしたら、ロエイは自分の存在意義もこのレポートに求めているのかもしれない。私は彼の必死さからそう感じた。あと、現実的な問題もあった。私が起きていると食料やら水やらで、それだけエネルギーを消費するのだ。ロエイにはそれがない。そのことは資源の少ない小型宇宙船では無視できない問題だった。それもあって結局、私はしぶしぶ了承せざるをえなかった。

超長期睡眠に入る時（例のドロドロのゲルに体を沈めるのは気持ちのいいものではなかったが）、目覚めた時と同じように上から覗き込んでいる大口がいた。大口はこの一ヶ月間ずっといた。彼は一体何なのだろうか。本当に私の脳内で生み出されたイマジナリーフレンドなのだろうか。だとしたらなぜ、宇宙船の場所を知っていたのだろうか。

私の疑念を察したのか、大口は不気味なウインクをし、そしてニッタリと笑ってこう言った。

「俺はね、本当にいるんだよ。ただ、ここじゃないがな」

それが私が眠る前に聞いた最後の言葉だった。私はその意味を考える間もなく、六〇〇年目に旅立った。

定点観測〈六〇〇年目〉

　夢を見ている。私はそう思った。なぜなら生身の体のまま宇宙空間を漂っていたからだ。周りに果てしない宇宙が広がっている。夢としか考えられない。また、夢だと自覚できているということは明晰《めいせき》夢なのだろう。息ができているのかどうかよく分からなかったが、苦しくはなかった。まぁ夢なら不思議ではない。漆黒の闇があらゆる方向に広がっている。目標物が見えないためか意外と広さを実感できない。私はぼんやりと思考した。こんな夢を見ているということは、ロエイ丸もやられ、ついに自分だけになったかもしれないなと。五万年続けるどころか、たった六百年で終わったわけである。乾いた笑いが出そうになったが、声は出なかった。しばらくじっと空間に浮かんでいた。すると徐々に気味の悪い思考が頭をもたげてきた。夢を見ながら死んだらどうなるのだろう。そのまま永遠にこの状態なのだろうか。この夢から永遠に脱出できない。そう考えた途端、とてつもない無限孤独の恐怖が襲った。心拍が上昇する。私の思考は生きている。だがそれは夢の中だけの存在だ。おそらくきっと。永遠に……。

　その時、ずっと遠くの方に何かが見えた。それはしだいに近づいてきた。見覚えがある姿だった。イマジナリーフレンドの大口だった。彼は例によって大きな口をニッタリと開いて笑っていた。

「よお、モリタ。目覚めたか」彼は三メートルぐらいの距離まで接近し、そう言った。宇宙空間だが声は聞こえる。頭の中に直接響くような声だった。私はイマジナリーフレンドであっても、この漆黒だけの世界で誰かに会えたことが嬉《うれ》しかった。

「……ロエイ丸はやられたのか？」私は彼に尋ねた。

「いいや」意外な返答だった。彼はあいかわらずニヤニヤしている。だがこれは夢である。大口の情報が本当かどうかは分からないし、そもそも自分が都合よく想像しているだけと考える方が妥当だ。けれど、私は彼から色々と聞きたかった。私は大口をじっと眺め、さらに尋ねた。

「確か、あんたは自分は本当にいると言っていたな。結局何者なんだ？　そして本当はどこにいる？」

大口は眉《まゆ》をつりあげてから、大きなあくびをし、私を見つめた。そして嬉しそうな笑顔になった。

「じつはお前さんの同期だよ。つまり俺も未来経過観測員ってわけさ」

私はこれ以上ないほど大きく目を見開いた。

気づくと、私は本当に目を開けていた。大口は消えており、宇宙空間ではなく、見たことのない部屋の中にいた。夢から目覚めたらしい。ロエイ丸の船内ではなさそうだった。蚕の繭《まゆ》のような柔らかな素材の壁に囲まれた部屋で、その壁を通して赤い陽光が差し込んでいる。呼吸は問題なくできたが、少し匂いがあった。雨の日の腐葉土のような匂い。懐かしさを感じた。私はそんなはずがないと思いながらも、ひょっとしたら地球に帰ってきたのでは？　と期待した。本当はダイソン球など作られておらず（じっさい私は実物を見ていない）、なんだかんだでロエイ丸は地球に帰還したのではないかと。私は、はやる気持ちを抑えられず立ち上がり、出入り口と思われる湾曲した裂け目から外に駆け出した。そして外の光景を見て驚き、私は立ち尽くした。そこは奇妙な植物が群生した森だった。

植物……なのだろうか。私はその森を見つめながら自問した。一見植物に見えるものの、大きく異なる点があった。それらは動いていたのだ。それも、ただうねうね動いているというのとは全く異なり、まるで時計の歯車のようにガチャガチャと植物そのものが回転していたのだ。植物自体は地面から生えていたが、伸びた茎が渦巻き、その渦が隣の植物と連動して回転している。うまく説明できないが森全体が大きなカラクリ装置のように見えた。呆然《ぼうぜん》とその光景を眺めている私の背後から誰かが声をかけた。振り返ると、そこには懐かしい球体が浮かんでいた。

「おはようございます。モリタさん。プロキシマ・ケンタウリbにようこそ」

私は彼を見つめた。しばしの沈黙が続いた。プロキシマ・ケンタウリ……プロキシマ……私は黙って彼の説明を待つことにした。

プロキシマ・ケンタウリｂ。太陽系から四・二光年離れた系外惑星である。私は今おそらく人類で初めて太陽系外の惑星の大地に立っていた（この情報はロエイから聞いた情報であり、私はもちろんこの星の存在すら知らなかった。それに厳密には立ってはいないもののロエイの方が先である）。おそらくと言ったのは、私たちと共に宇宙に旅立った残りの浮島の行方を把握できていなかったからだ。ひょっとしたら、他の浮島が先に別の惑星に着いている可能性はゼロではない。だが、プロキシマ・ケンタウリｂよりも太陽系に近い惑星系は知られていないなく、他の浮島の進路を考えるとその可能性は限りなく低いと考えざるをえなかった。

私は球体のロエイとの再会を心から喜んだ。やはり宇宙船よりも面と向かって話せる球体のほうがいい。私は蜘蛛《くも》の糸のような天然繊維をきめ細かに編み込んで作られたモンゴルのゲル風の家屋の中で、ロエイが入れてくれた美味《うま》いコーヒーをすすりながらそう思った。ロエイは以前と同じように私の前にふわふわと浮かんでいる。宇宙船ロエイ丸はこの百年で、例のＢＸテクノロジーの爆速技術革命の力を借りて、数光年の距離を爆進し、系外惑星プロキシマ・ケンタウリｂに到着した。この話を聞いた時は、さすがに私は震えるようなめまいを覚えた。実際のところ、私にとってみれば最初の超長期睡眠からたった五ヶ月である。この五ヶ月という短期間に、人類は自ら生み出したＡＩの化け物に地球を乗っ取られ、さらに太陽系は消滅し、ノアの方舟《はこぶね》もどきに乗って脱出するも破壊され、救命船と融合した宇宙船人間に乗って四・二光年も離れた惑星まで到達したのだ。信じ難い人類未来史である。この惑星の環境は自生の歯車植物以外は不毛の地だったので、ロエイは一部の領域をテラフォーミングしたらしい。わざわざ私のために。もちろんそれもＢＸテクノロジーの力だ。

「結局、あれ以来ＢＡＩ体には遭遇しませんでした。信じられないことですが、ＢＡＩ体は太陽系だけで満足したか、それともひょっとしたら本当に大口さんが言ったように滅亡したのかもしれません。まぁそのおかげで、私は無事モリタさんと時計台をこの惑星に運ぶことができたのですけどね。ちなみに宇宙船のままだと地上では色々と不便だったので、球体のボディに戻りました」

ロエイはモノアイをチカチカ点滅させ、くるりと別の方角を向き、私の視線を誘導した。その方角の先には見慣れた物体が建っていた。あの時計台だった。まるで元々そこにあったかのような当然顔で立っていた（少なくとも私にはそう見えた）。時計台自体は例によって綺麗《きれい》なままだったが、周りにくるくると渦を巻く蔦《つた》がカリカリと纏《まと》わりついていた。時計の時刻は午後一時すぎを指していた。私はふと、プロキシマ・ケンタウリｂの自転周期はどれくらいなのだろうかと考えた。地球と同じとは考えにくいから、あの時計台は時計としてはまるで役に立たないだろう。私はそう思い苦笑したが、その一方でどこか時計台との再会を喜んでいる自分もいた。考えてみれば、この激動の未来史を同じ時代から乗り越えてきた唯一の仲間と言えたからかもしれない。そんなことをしんみり考えていると、ロエイがお決まりとなりつつあった台詞《せりふ》を言った。

「モリタさん、さっそく仕事初日と行きましょうか」


テラフォーミングされた領域内のためか、惑星の重力は少し重く感じるぐらいで、地球のそれに近かった。時計台に向かう道すがら、私はロエイに夢に大口が出てきた話をした。

「夢は見ないはずなんですけどねぇ……」とロエイは言いつつも、大口の話には興味を示した。彼は時計台の座標を見つけてくれた大口に感謝していたし、どうしてそれが分かったかについても気になっていたからだ。

「別の未来経過観測員ですか……なるほど」ロエイはそう言うと黙りこくった。

「なるほどって、何か知ってるのかい?」私はロエイの言い方が気になった。

「いえ、知ってるわけではありません。私も残りの未来経過観測員が誰なのかは知りません。私が知っているのはモリタ地区だけですから。けど、確かに別の浮島に乗った未来経過観測員がまだ生きていてもおかしくはありません。途中からBAI体の攻撃も止まりましたしね。その中の誰かが、宇宙空間を通じてモリタさんの脳へ直接アクセスしてきた。

その可能性はあります」

「脳へ直接アクセスって、テレパシーみたいなもの？　そんなこと可能なのか？」

私は大口が自分の脳に直接入ってくるのをイメージし、しかもわざわざあの口臭も送り込んできていたのかと思うと、気持ちが悪くなった。

「こちらからは無理ですが、大口さんが乗っている浮島で別のＢＸテクノロジーが革新的な電磁波通信を生み出していたら、可能かもしれません。ＢＸテクノロジーの進化は別系統だとかなり変わるようですから。ただ、一方向通信になりそうですね……」

「大口は私とやりとりをしていた。つまり一方向じゃなく双方向だ。それもリアルタイムに」

そういえば、この惑星に来てから大口の姿を見ていないなと思いながら、私はそう答えた。

「その点は謎ですね。相対位置で数光年離れているはずなので、光速の壁がある限り、双方向のやりとりは何十年とかかってしまいます。量子もつれを使っても情報は送れないですし……つまりリアルタイムはありえない」ロエイは自問するようにそう言った。「それとも、ひょっとしてあるいは……」

「あるいは？」私は推理をロエイに任せるつもりで先を促した。

「空間を経由していないのかもしれません」ロエイはシンプルにそう言った。

空間を経由していない？　そんなことが可能なのか。私は訝《いぶか》しみながらロエイを見つめたが、要するにそれも例のBXテクノロジーの産物かもしれないと気づいた。ロエイも私の考えていることが分かったのか、球体をふりふりさせてうなずきながら、言葉を続けた。

「大口さん側にあるBXテクノロジーはワームホール通信を生み出したのかもしれない」

球体のロエイは心なしか震えているように見えた。私にはその震えが、恐怖からなのか感動からなのかは、分からなかった。


最初の一週間は（地球時間でカウントしたので相当ややこしかったが）、私はプロキシマ・ケンタウリbの観察でなかなか多忙だった。実に奇妙な惑星だった。地球の四〇〇倍もの強烈なX線があるため、自分はテラフォーミングされた領域外に出ることはできなかったが、このような過酷な環境にもかかわらず植物が自生していたのが驚きだった。歯車植物群はほんとうに不思議な存在だった。どうやってこの星で誕生したのかは全く分からなかった。そして、なぜくるくる回っているのだろうか。色々調べてもその理由や目的が分からなかった。むろん私自身は学者ではなくただの定点観測員に過ぎないので、結局のところレポート自体はさほど内容が深いものにはならなかったが、人類が初めて見つけた地球外生命体に敬意を表してレポートの最後に「Wow!」と記載した。

それ以外に関しては、テラフォーミングされた領域だけということもあり、そのうちレポートすることもなくなった。いつしか毎日の楽しみはロエイとの雑談になった。ある時、私はロエイに尋ねた。

「ところでロエイ、君たちのような完全無機物のポストヒューマンは、そもそもどうやって生まれるんだい？」考えてみれば自分はポストヒューマンのことをほとんど分かっていなかった。

「遺伝子データを元にビルドされて誕生します。物理的構成物に縛られない形で。私は量子コンピューター上の意識空間で生まれました」

「じゃあ、生まれた時は、コンピューターの中ってこと？」私はそれが一体どんな場所か想像もつかなかった。「そこって、何かあるの？　なんというか街とか家とか……」

「何もありませんよ。私はそこで〈データ〉をインポートされるんです」

「データ？」

「人類の経験値です。私はたぶん、かつていたんだと思います」

「かつていた……どういう意味だい？　いたって誰が……」

「私のモデルになった人物です。ポストヒューマンが誕生したころ、完全に遺伝子だけの純粋培養ではうまくいかなかったんです。心が宿らないといいますか」

「心……つまりロエイの人格ってこと？」

「まぁ、そうですね。遺伝子とは別に人間の心が生まれるためのトリガーとなる記憶の種が必要だと分かりました。それはジャンクと思われていたＤＮＡの一部にありました。まぁ、言ってみれば受け継がれる記憶遺伝子のようなものですね。ポストヒューマンにはそれがインポートされるのです。デコードされた先祖の記憶。かつて地球にいた人類の誰かです。記憶といっても具体的な思い出とかでなくて、無意識の記憶といいますか、なので、誰かは分かりませんけどね」

初めて聞いた話だった。記憶が受け継がれている。記憶の種。まるで生まれ変わりのようだと私は思った。

「生物ってバトンを渡すわけじゃないですか。子孫に。そこには実は心の記憶のようなのがあるんですよ。たぶんですけど、それはきっと生命誕生から脈々とバトンとして受け継がれてきていると思うんです。そしてそのアンカーがポストヒューマンなんです」

「ポストヒューマンがアンカー？　どうして？」

「だって、これ以上受け継ぐ先がありませんからね」

ロエイはどこか寂しそうにそう言った。私はアンカーとしてバトンを受け取ったポストヒューマンが永遠に走っている姿を想像した。ロエイの走る先にはゴールテープはない。それを永遠のあがりと捉《とら》えるか、それとも永遠に終わりのないロードを走っているのか、自分にはどちらとも判断できなかった。だが切ない気持ちになった。そんなロエイに私は何も言えず、一方で自分はリレーのバトンを渡したのにまだ勝手に並走しているお騒がせランナーのような、なんだか道化のような気分になった。

　もう一つの楽しみはロエイのコーヒーだった。地球なき今、プロキシマ・ケンタウリbで育った豆とはいえ、地球由来のコーヒーは郷愁もあって格別だった。

「ロエイ、君が入れてくれるコーヒーは、とても美味《おい》しいんだけど、君自身が味わえないのは残念だな」

「数値では理解してますよ」ロエイはモノアイをチカチカさせながら答えた。

「けどそれって味わってるとは少し違うよね？　えーっと、なんだっけ？　クオリア？その感覚みたいなのは感じられないいんじゃないのかい？」

「まぁ、確かに実際食事をしたことはありませんからね」ロエイはそう答え、しばらくしてから言葉を続けた。「それでしたらモリタさん、味もレポートしてくださいよ」

　ロエイのモノアイがじっとこちらを見つめた。未来経過観測プラス食レポときたか、と思いながら、「えっと……そうだなぁ」私は考えてみたが、酸味だとか香ばしさとか、なんだか数値的な感じの単語しか思いつかず、言葉が詰まった。そもそもクオリアは言語化できないから、クオリアじゃなかっただろうか。赤を知らない人に赤を説明する的な話で、赤は赤としか言いようがないし、知らない人は分かりようがない。どう言ったものかと悩みながら、私はもう一口すすった。やっぱり美味《うま》い。これを伝えられないのはもどかしかった。

「なんだろうな。こう今……生きてるのを実感するんだよ。ああ、残念だ、言葉で説明できなくて」

ロエイは黙って私の様子を見つめていた。それから徐《おもむ》ろに言った。

「けど、なんとなく分かりましたよ。モリタさんのその様子を見て」

そしてロエイはクスクスと笑った。

「モリタさんが未来観測員でよかったです」


その一ヶ月間、大口は私の前に一度も現れなかった。それも謎といえば謎だった（ときおり、あの口臭を懐かしくすら思っている自分がいるのに驚いた。そしてその度に顔をしかめた）。何か彼にも事情があるのだろうか。それとも何か問題が起きたのだろうか。こちらから連絡が取れないため、その理由は全く分からなかった。


そして超長期睡眠に入る日になった。毎度ながら私はロエイに申し訳ない気分になり、彼にずっと一人で寂しくないのかと尋ねた。ロエイはポストヒューマンには感情チューニング・スイッチがあるので何の問題もないと、さらりと答えた。

それを聞いて私は球体のロエイを見つめながら思った。感情をチューニングするとは一体どういう状態なのだろうか。私にはそれがどういう感覚なのかまるで分からなかった。あらゆることに無関心になるということなのだろうか。少し違う気もする。何かもっと根本的なものが消えるような。

「人間の皆さんが使う局部麻酔に似ているかもしれません。局部麻酔をすれば痛みを感じませんが、何かが起こっていることは分かりますよね。それと同じで、意識はありますが、事実を蓄積するだけになるというか、自分自身が自分の傍観者のような、そういう感覚になりますね」

「何も感じなくなるから……辛《つら》くないってこと？」

「まぁ、そうですね……ただ……」ロエイは少し言いよどんだ。

「スイッチを復帰させた時に、まとめてやって来ますけどね」ロエイの声は寂しそうに笑った。

私はモノアイをぼんやりと光らせているロエイを見つめ、自分だけがタイムトラベルするかのように眠るのは、実はとんでもない大罪なのではないかと思ったが、次の瞬間、強烈な睡魔に引きずり込まれ、百年後の未来に旅立った。

定点観測〈七〇〇年目　その一〉

プロキシマ・ケンタウリbの自生植物「歯車」は、実のところ単なる植物ではなかった。ロエイのBXテクノロジーでも解明できないような未知のテクノロジーによって生み出された存在だった。珍しく前回と同じ蚕の繭《まゆ》のような部屋で目覚めた私が、ロエイからまず教えられたのがこの百年間研究し続けていたという歯車植物の調査報告だった。

「これは本当に驚くべき科学技術、いやそれすら超える代物でした」ロエイもずっとこのことを私に伝えたかったようで、興奮しているのか高速で点滅しているモノアイがピンク色になっている。彼はどうやら百年間充実していたようだ。私はその様子をみて、自分だけ眠っていたことによる罪悪感が多少なりとも減った。

「何がどうすごいんだい？」私はこの歯車植物は確かに奇妙な姿をしているが、すごい点と言えば驚異的な生命力ぐらいしか思い当たらなかった。

「本当にすごいんです。少し実演しましょう」ロエイはそう言うと、手近に生えていた小ぶりの歯車植物の方にふわふわ近づいた。そして球体のボディからノズルのようなものを伸ばし、その先から強烈なビーム閃光《せんこう》を歯車植物に向けて発射した。歯車は一瞬で蒸発した。私はロエイにそんな強力な武器が搭載されていたことにぶったまげた。武器など全く見慣れていなかった私は身震いし、このポストヒューマンを怒らせないように気をつけようと心に誓った。歯車が蒸発した場所には消し炭のような欠片《かけら》しか残っていない。

「君の武器の方がすごいけど……」と私が言おうとした時、驚くべきことが起きた。今消滅したはずの歯車が元通りに復活したのだ。ほんの一瞬だった。再び瓜二《うりふた》つの姿に戻っている。驚異の回復力だった。私は呆然《ぼうぜん》とその歯車を見つめた。「確かにすごい……」と私は感心した。

ロエイは球体を回転させ、私の方を振り返った。

「モリタさんがすごいと思ったのは回復力だと思いますが、本当にすごいのはそこじゃないんです」

ロエイは先ほどの興奮した口調から打って変わり、声をひそめるように言った。その声には畏怖《いふ》すべき存在に出会った時のような震えがあった。

「破壊されたものを元に戻すのは、BXテクノロジーを使えばそれほど難しいことではありません。ナノボットを駆使すれば同じようなことができます。けど、今モリタさんが見たのはそれとはまったく違う方法なのです。何だか分かりますか？」

まったく違う方法……私は眉《まゆ》をひそめた。当然異なるテクノロジーなら多少は違うだろう。だが、結局バラバラになった分子なりを再構成するという意味では同じになりそうだった。まったく違う方法はまるで分からなかった。

私は肩をすくめて言った。「分からんよ。さっぱり」

「私もすぐに分かりませんでしたから、当然ですよ。答えを言いましょう。この植物はバラバラになった分子を元の形に再構成しているのではないのです。バ、ラ、バ、ラ、に、な、る、前、に、戻、っ、て、い、る、のです」

ロエイは最後の言葉を強調した。前に戻る？　同じことではないかと私が訝《いぶか》しんでいると、ロエイはこう付け足した。

「つまり、この植物はバ、ラ、バ、ラ、に、な、る、前、の、時、間、に、戻っているのです」

ロエイの声の震えはいつしか大きくなっていた。


私はロエイが（というかBXテクノロジーの力で）ナノ繊維で作ったこ洒落《じゃれ》た東屋《あずまや》で、毎度お馴染《なじ》みのコーヒーをいただいた。プロキシマ・ケンタウリb産のコーヒーは、この百年でまた違った味わいになっていた。言うなれば地球とのハイブリッド味だ。けれどまろやかな風味で悪くない。その東屋からは時計台もよく見えた。むろん目覚めたその日に参拝している。

「誰が作ったのかは分かりません。おそらくこの星の住人ではないでしょう。この星では生物の化石が見つかりませんでしたから。どこか遠い星系の何者かが、この地に植えたとしか思えません」

コーヒーをする私の前でロエイがくるくる回りながら話している。

時間をさかのぼる植物。確かにテクノロジーによるものと考えるべきだろう。なぜなら時間をさかのぼるなど自然の摂理に反するからだ。人工的に作られたとしか考えられない。この歯車植物は必要に応じて自在に時間をさかのぼることができるらしかった。信じがたい事実である。世界は因果律、つまり原因が先にあり、結果が後にあることで成り立っている。これは当然の話だ。例えば、宇宙が誕生したからこそ（原因）、宇宙があるのである（結果）。これが逆になるとわけが分からない。要するに、時間が過去から未来へ一方向に流れているから私たちは宇宙を認識できているのだ。というよりむしろ、一方向に流れる因果律そのものが、「存在」という概念なのかもしれない。だが、時間をさかのぼるとなると、因果律は反転する。それはどういうことか。未来から過去への介在。つまり過去の破壊だ。一度彫刻された歴史という彫像が破壊されることを意味する。私にはそのことが想像すらできなかった。なにせ私の思考自体が因果律に従っているわけだから。

「さっきも言ったとおり、私も最初分からなかったんです。けど、歯車の動きを定量的に観察することで気づくことができました。どうしても時間をさかのぼっていなければ辻褄《つじつま》が合わない挙動をしていたのです」

ロエイのモノアイが百年間の研究の日々を感慨深く振り返っているようにゆったりと点滅した。旧人類なら遠い目をしている状態かもしれない。

私はこのタイムマシン植物に、もちろん驚愕《きょうがく》したが、それ以上にロエイが持つBXテクノロジーですらその原理が全く分からなかったことの方に驚いた。なぜなら、BXテクノロジーを超える存在がこの宇宙のどこかにいることを意味したからである。つまり、BAI体やBXとはまったく別に進化をした存在だ。だが……そう思いつつも、私は別のことを思い出した。考えてみれば似た事例がすでにあったのだ。連絡が途絶えたが、自称未来経過観測員の大口も私たちのBXテクノロジーを超えた通信を実現していた（と思われる）。いや、ひょっとしたらそもそも、大口はBXテクノロジーを使っていないのかもしれない。大口の浮島が別の存在に乗っ取られ別のテクノロジーに置き換わったか、それとも未来経過観測員であるということ自体がいつわりで、実は大口自体がまったく別の存在なのかもしれない。私たちの知らないテクノロジーを持った未知の存在が人間の姿を真似ている。それが大口の正体。ふいに私は、今まで気づかなかっただけで、大昔から巨大な真っ暗闇の穴が自分のすぐ横にぱっくり開いており、今突然それに気づいたような感覚にとらわれた。私はこの数百年間のBXテクノロジーによる超技術革命を魔法のように思ってきたが、ひょっとしたらそれは、実はテクノロジーとしてはまだまだ入門編、0歳児のハイハイに過ぎないのではないだろうか。この広大な宇宙には、想像もできないはるかな高みに到達した存在がうじゃうじゃいるのではないかと。私はその底知れぬ暗黒の穴に吸い込まれていくような恐ろしい気分になった。私はその考えをロエイに話そうと彼を見た。彼は私の方を向いていたが、なんとなく私を見ていないような気がした。彼のモノアイは私の背後を凝視しているように見えた。私は振り返った。

そこには、ニッタリと口を広げて笑っている大口が立っていた。


「俺の名前は大口じゃなくて、トスカニーニだ。そこんとこよろしく頼むぜ」

未《いま》だ信じられないという顔をしていた私とロエイは、大口改めトスカニーニと鼎談《ていだん》風に向かい合っていた。トスカニーニはロエイが焼いたクイニーアマンをむしゃむしゃ美味《うま》そうに頬張っている。食べながらトスカニーニは文字通り甘ったるい息を撒《ま》き散らしながら話を続けた。

「ようやくワームホール転送が使えるようになってな。それであんたらの所に直接やって来たわけだ」

そう言ってトスカニーニは歯をむいて笑った。彼の話によると、トスカニーニは第三浮島の未来経過観測員だった。彼の浮島もBAI体の強襲を受け、絶体絶命となったが、なぜか謎のテクノロジーを持った存在に救われたらしい。その正体は今もトスカニーニは知らず、ただ彼ら（?）の恩恵でワームホール通信ができるようになったそうだ。当初はデータ通信のみ可能だったが、今回ついにトスカニーニ自身の転送が可能になったらしかった。信じがたいテクノロジーである。

「その〈上《うえ》さん〉がな、ＢＡＩ体もぶっ壊してくれたようでな。まったくすごい連中だよ。いやほんと。ま、連中なのか一人なのかすら分からんけどね」トスカニーニはそう言いガハガハ笑った。彼はその謎の存在を〈上さん〉と呼んでいるようだ。

私はトスカニーニの登場に心底面食らったものの、実は再会したい気持ちもあったので、素直に嬉《うれ》しかった。叶《かな》わないと思っていた未来経過観測員の同窓会的な対面を期せずして実現できたわけだ。奇跡と言っていいだろう。それに彼がいる第三浮島にはポストヒューマンもいるらしい。その事実はロエイも喜ばせた。私はトスカニーニに、この星のタイムマシン植物を見せた。ひょっとしたら、この植物も彼が言う上さんが関わっているかもしれないと思ったからだ。トスカニーニはこの植物のことは知らなかったが、「タイムマシンもワームホールもある意味従兄弟《いとこ》みたいなもんだしな……ひょっとしたらなんか関係あるかもな……」とクルクル回っている歯車植物を面白そうに見つめながら、彼はつぶやくように言った。

私には彼の発言の意味がよく分からなかったが、そもそもが分からないことだらけであることに気づいた。上さんが何者なのか分からないし、第三浮島を助けた理由も分からない。そして、この宇宙には上さんのようなのが他にもいるかもしれないし、宇宙はとにかく広大で、私たちはまだほとんど何も知らない。ワームホールがあればタイムマシンだってあるだろう、なんだかそういう境地に私は至った。そう考えると、何の目的でこの星に植えられたかも不明の歯車植物とて、実はさして珍しい存在でもないのかもしれないなという気持ちにすらなった。

「ところで、お二人さん、話は変わるが今から第三浮島に行って見ないかい？」

トスカニーニは、まるで近所のファミレスにでも行くような口ぶりで言った。

「なあに、何光年離れてようがワームホールなら、すぐそこさ」

私とロエイは顔（とモノアイ）を見合わせた。

定点観測〈七〇〇年目　その二〉

ワームホール転送というのは、人間の感覚で感知できるものではなかった。私はワームホール（虫の穴）というぐらいだから、空間にトンネルのような穴が生まれて、その中を通り抜けるようなイメージだったが、実際はまるで違った。

何も起きなかった。瞬時に移動していた。私たち三人はきらめく太陽の日差しが照りつける海岸に立っていた。心地よく耳に響くさざなみの音と磯の香りがした。私は一瞬かつての地球に来たのかと思ったが、そこは第三浮島の人工浜辺であり、太陽もむろん人工核融合球灯だった。それでも私は呆然《ぼうぜん》とその海岸を見つめ、気づけば頬に涙が流れていた。地球で自分がよく行っていた海水浴場にそっくりだったからだ。いや実際のところ海岸などは、似たような場所がたくさんあったかもしれない。だが、つい半年ほど前まで見慣れていた「この風景」はもうこの宇宙に存在しないのだという考えにようやく慣れてきたところだったのに、この予想もしていなかった「海岸」との再会は、あまりにも不意打ちだった。私の涙は止まらなかった。

いつまでも海岸を見つめていた私とロエイの背後から、トスカニーニが柄にもなくしんみりとした口調で言った。

「やっぱ海はいいよな。なんなら泳いだっていいんだぜ。俺の水着を貸してやる」

私はトスカニーニの申し出を丁重にお断りした。


トスカニーニは私とロエイを街のコーヒーショップに案内し、そこで特大のパンケーキをほぐほぐ食べながらワームホール転送について解説してくれた。その店は私がお気に入りだった七百年前のチェーン店が見事に再現されていた。話によるとトスカニーニのリクエストらしい。妙なところで趣味が合う。私も懐かしのメニューを注文し（と言っても六百年前にヤマジ部長と行った時にも頼んだが）、気もそぞろに彼の話を聞いていた。ロエイはこういった店自体が初めてなのか、くるくる回ったり、モノアイを点滅させまくったりして興奮冷めやらぬ様子だった。店内には一見人間のように見える客がちらほらといた。皆穏やかにくつろいでいる。ロエイのスキャニングによれば全員ポストヒューマンだそうだ。どうやら第三浮島にはトスカニーニ以外に旧人類はいないらしかった。

トスカニーニの話によると、ワームホールは人間に見える大きさで出現するわけではないそうだ。超弦理論スケール以下の超極細トンネルらしい。そのサイズは素粒子などよりもはるかに果てしなく小さい。小さいという概念を壊してくるぐらいの小ささだった（私はレポートにその大きさをどう表記すればいいかすら分からなかった）。そんな細いトンネルを私たちはどうやって通って来たかというと、実を言うと通っていない。通ったのはデータだけだった。つまり、私たちの体を構成する分子、原子、素粒子、スピン状態、波動関数、あらゆる物理パラメーターをデータ化し、そのデータパケットを送信しているらしかった。そして送信先でまったく同じ状態（つまり私たち）を復元していたのである。復元処理がエラーなしで完了すると、送信元（今回だとプロキシマ・ケンタウリb側の私たち）は瞬時に消去される。だから厳密に言えば、限りなく短い時間の一瞬だけ、私たちは二箇所の地点に同時に存在していたのだ。ちなみに送信先が仮に真空の宇宙空間で元素がほとんどない地点であっても、その空間の真空エネルギーから素粒子を生成するので転送は可能である（ただ生身だと到着した瞬間即死するだろうが）。

私はトスカニーニのここまでの話を聞き、食欲がなくなってきた。要するにプロキシマ・ケンタウリbにいた私たちは消去、つまり殺されたわけである。今の私は新たに作り直された、言ってしまえばイミテーションだ。そんな私の気持ちをロエイは察したのか

「まぁ、そもそも生物は生きてる間に、常に新しい原子で体を作り変えていますからね。それを一気にやったようなものですね」と球体をうなずくようにフリフリさせながらつぶやいた。

「そう、しかもな。それだけじゃないんだぜ」

トスカニーニが前のめりになって話す。息が甘くさい。

「どうも〈上さん〉はついでに俺たちの身体の調子も治してくれてるらしくてな。つまり

ワームホール転送を使うと、がん細胞やらメタボやら何やらをちょいちょいクリーニングしてくれてるんだよ。俺からしたら、ワームホール転送は温泉の湯治みたいなもんさ。てなわけで、定期的に利用するのが吉だぜ」

彼はアイスコーヒーの氷をバリボリかじりながらそう言い、ニッタリとでかい歯を見せた。

物は考えようということか。私は自分だけが古い思想の旧人類のような気がして黙りこくってしまった。

「まぁそれによ、〈上さん〉の話によれば、そもそも空間を移動するってこと自体が短いワームホール転送を繰り返しているのと本質的な違いはないらしいぜ。その辺の理屈は、俺もあまりよく分からんかったがな。けど要するに別に悪いことをしてるわけじゃないってことさ。むしろいいことずくめと言える。だから気にすんなよ、同僚」

トスカニーニは私を励ますようにそう言い、そしてこの話はこれ以上詳しいことは分からんと言いたげな様子で肩をすくめた。

私も話を少し変えたくなったので、なぜ前回は幻覚として現れて今回実体で現れたのかをトスカニーニに尋ねた。

「ようするにブロードバンドに開放してくれたってわけさ」トスカニーニは楊枝《ようじ》をシハシハさせながら（いつも同じ歯につまるらしい）そう言った。「前はナローバンドでな、送信できるデータがモリタ君の頭脳内にバーチャルを作るのが精一杯だったのよ。けど最近〈上さん〉がバンド幅を開放してくれてね。だから来ちゃった」

トスカニーニは不気味なウインクをしてニッタリ笑った。

私はなんとなく、そのウインクをかわすように体をよじらせながら、その〈上さん〉はそもそもどこにいるのかを尋ねてみたが、トスカニーニはそれが全く分からないと言う。

「そもそもこの俺たちがいる空間にいるのかすら分からねぇ。だから俺は〈上さん〉と呼んでるんだけどな。連絡は一方通行でよ」

彼はそう言い、胸ポケットから薄いカード端末を取り出した。

「こいつに時々ショートメッセージが届く。出所は不明。俺たちの言語を使ってるから、最初この浮島にいる誰かのイタズラかと思ったんだが、ＢＡＩ体をぶっ倒すわ、ワームホールを提供してくるわで、存在を認めざるを得なかったわけよ」

端末には確かにメッセージが何件かあった。その中に私たちや時計台の位置に関する情報も書かれていた。なるほど、この情報からトスカニーニは私たちを見つけたわけかと理解した。とんでもないテクノロジーを持った連中だから、位置情報ぐらいわけないのだろう。だが、どうして私たちを助けたのだろうか。博愛主義か？　単なる気まぐれか？　それとも私たちには想像もつかない目的があるのだろうか。そして……そもそも一体何者なのだろうか。私は幻影を追うように得体の知れない謎の存在に思いを馳《は》せた。不気味な存在に感じつつも、ちょっと会ってみたいと思う自分もいた。そんなことをぼんやりと考えながら、メッセージをさらに見ていると、気になる内容を見つけた。トスカニーニも私の目線に気づいたようで、ニヤリとして言った。
「そう、浮島はな。まだ他にも残ってるんだよ。あと三隻な」

私たちはトスカニーニの案内で第三浮島を見学した。基本的には私たちのかつての浮島と同レベルの船だったが、例の海など、ところどころで違いはあった。そのあたりは住人の趣味が出ているのだろう。〈上さん〉由来のテクノロジーはワームホールだけだった。
トスカニーニの目論見《もくろみ》はこうだった。私たちを含めて残りの浮島の人間たちと合流し、人類が新たな未来を築くことができる新天地を見つけること。だがそれを今すぐ実行するには問題があった。ワームホールのバンド幅だ。現在のワームホールは人を数人転送することは可能だが、時計台や浮島全体となると帯域がまったく足りなかった。だが、彼は
「どうせ俺たちはまた百年眠るんだ。それだけ時間があれば、数十光年の距離ぐらいなら浮島をリアルに運行させて残りの連中と合流できるだろ。ま、うまい具合にかき集めておいてやるさ。新天地をどこにするかはその後考えればいい」と彼はことさら問題視していなかった。百年眠ると聞いて、彼はまだ未来経過観測員を続けるつもりかと私は思ったが、ロエイの方を見ると彼はしきりと納得顔でうなずいていた（実際はふるふる球体が動いてい

ただけだが、だんだんと彼の表情が分かってきた）。

結局、プロキシマ・ケンタウリｂに置いてきた時計台を離れるわけにいかないというロエイの強い主張もあって、私とロエイはいったん帰ることとなった。帰る間際、遠くの海が目に入って、私はほんの少しだけ、水着を借りて泳がなかったことを後悔した。トスカニーニは「また百年後に迎えに行ってやるから待ってな」と例のニッタリした笑顔でそう言った。


プロキシマ・ケンタウリｂに戻った私たちは、今いるこの星を人類の新天地にするのはどうだろうかと話した。ＢＡＩ体は確かにあれ以来姿を見せていない。ロエイはかつて太陽系があった方角のエリアを電波望遠鏡、さらには重力波望遠鏡で観測したが、「ダイソン球含めてそれらしき活動の様子はうかがえないですね」と言った。どうやら、本当にＢＡＩ体はいなくなったらしい。となれば、この星は今後も安全だと考えてよいだろう。ここにあるのは例の歯車植物のみだけれども、うまく星全体をテラフォーミングすれば、新天地の候補としてよいかもしれないという話になった。今は二人だけだが、残りの浮島の住人が集まれば賑《にぎ》やかになる。そうなれば第二の地球と言ってもよいかもしれない。私とロエイは笑った。

残りの時間でレポートをまとめ、これまでとは違う明るい未来の予感を感じながら、私は再び超長期睡眠に旅立った。
だが次に目覚めた時、私は全ての予想が外れたことに気づくことになるのである。

定点観測〈八〇〇〇年目〉

私は目覚めた。毎度そうなのだが、私にとって超長期睡眠の百年間は、目をつぶってすぐに開いたというぐらいのほんの一瞬である。だから当然プロキシマ・ケンタウリbの蚕の繭《まゆ》のような部屋で目覚めると思っていた。

まるで違った。私は何かの壁にへばりついていた。そして視界には三六〇度宇宙空間が広がっていた。ただ前に見た夢のように生身の体むき出しというわけでなく、何か樹脂が固まったような半透明のケースで守られている。そのケースが壁にへばりついているようだった。私があまりの状況に目をギョロギョロさせて戸惑っていると、聞き慣れた声が響いた。

「おはようございます。モリタさん」ロエイの声だ。半透明ケース内のスピーカーからと思われた。

「ロエイ、これは一体どういう状況なんだ？　なんで宇宙にいる？」私は少なくともロエイがいるということが分かり、多少安堵《あんど》しつつも聞いた。

「今モリタさんは、時計台にへばりついています」ロエイが言った。どうやら何かの壁と思ったものは時計台の外壁だったようだ。

「残念ながら、プロキシマ・ケンタウリｂは飲み込まれました。私はモリタさんと時計台を脱出させるのが精一杯でした」

飲み込まれた……私はロエイの予想もしなかった言葉に固まった。なくなったという意味か？　星を飲み込むという言葉の意味が、どういう状況を指しているのかすら分からなかった。何が起きればそんなことになる？　主星の恒星に飲み込まれたのか。だが私が思い当たった可能性、それはＢＡＩ体だった。

ＢＡＩ体が復活した。もしくはそもそも消滅していなく隠れていた。それがついにプロキシマ・ケンタウリ星系の領域まで広がった。水素原子一個すら逃さない底なしの食欲を持ったレヴィアタン。やつらに喰《く》われたのだ。私はその推測を伝えた。だが、ロエイの返答は違った。

「ＢＡＩ体ではありません。私はずっと太陽系を経過観測していました。ＢＡＩ体は完全消滅していました。また主星の恒星が膨張、もしくは超新星爆発したわけでもありません」

「じゃあ、一体何が原因で……」私はそこまで言い、もう一つの可能性に思い当たった。

「ひょっとして〈上さん〉か？」

「それも違うと思います。なぜなら、その直前トスカニーニさんの浮島から連絡があったのです。脱出しろという〈上さん〉からのメッセージを添付して。その連絡がなければ私たちは助からなかったでしょう。それを受けて、私は全天スキャンを実施しました。すると、太陽系とはまったく別の方角から未知の存在が迫ってきていたのです。それはまるで……」ロエイは震える声で言った。「BAI体とそっくりでした」

　別のBAI体。BAI体は太陽系以外にも進出していたのか？　いつの間にそんな飛び石のように移動したのか。私が黙り込んで考えていると、ロエイが言葉を続けた。

「恐ろしい光景でした。私は時計台と融合し、モリタさんを外壁にくくりつけ緊急脱出しました。その謎の存在はプロキシマ・ケンタウリbどころか主星の恒星をも丸呑《まるの》みしました。不気味な巨大クラゲのような膜を広げ、星を包み込んだ瞬間、壮絶なエネルギーが爆発する閃光《せんこう》が膜の中で身悶《みもだ》えしました。ぬったりとした膜がそれをぐちゃぐちゃに揉《も》み砕きました。その中で、あれがガチガチと動いていたのですよ。例の歯車植物です。時間をさかのぼることができる未知のテクノロジー植物。植物たちは閃光の中、合体、消滅、復活を果てしなく繰り返していました。彼らの悲痛な叫びが聞こえるようでした。そして歯車植物は高速で復活を続けながらも、それを上回る速度の爆発に追い込まれ、しだいに飲み込まれていきました。私が最後に見たのはそれらが蒸発する姿でした」

　そう言ってロエイは黙りこくった。

　恐ろしい光景が私の目にも浮かんだ。プロキシマ・ケンタウリbの最後の光景。私たち人間の新天地にできるかもしれなかった星。けっして死ぬことがなかった奇跡のタイムマシン植物。その全てが寝ている間になくなった……。

「トスカニーニたちは……どうなった？」

「わかりません。それ以来連絡がありません。あるいはもう……」

そう言うと、ロエイからブチブチと聞き慣れない音が聞こえてきた。何の音だと尋ねると、感情チューニング・スイッチを切り替えている音だと答えた。その妙にアナログ的な切替音が、電化製品の電源コードを引っこ抜いている姿を想像させ、私はロエイが消えて行くような気がして恐ろしかった。


私とロエイ（時計台）は宇宙をさまよっていた。等速度で移動しているため、まるで停止しているように感じたが、実際は光速の八〇パーセントというとてつもない速度が出ているらしい。プロキシマ・ケンタウリbからの急速脱出のため、対消滅極濃縮ブースターで爆発的加速をしたからだった。その後減速することなく今日まで飛んでいる。加速G中和シールドがなければ、時計台もろとも素粒子レベルまでドロドロに崩壊していただろう。BXテクノロジーの恩恵である。AIは破壊と創造を与えてくれる。

黙りこくっているロエイ（時計台）にへばりつきながら私は、トスカニーニのことを考えていた。息は臭かったが悪いやつではなかった。むしろ一緒にいて楽しい男だった。けっきょく同僚として飲み交わす機会のないままいなくなってしまった。残念でならない。彼はあと三隻の浮島があると言っていた。その浮島はどうなったのだろうか。私はそれらも同じように飲み込まれている気がした。その証拠はないものの、私たちは互いにせいぜい数十光年の距離しか離れていなかった。どこからともなくとてつもない速度でやって来て、星系をまるごと飲み込むような存在が、そんな至近距離を見逃すとは思えなかった。私たちは奇跡的に逃れられた気がする。ロエイの機転による爆発的加速のおかげで。いや……私は考えた。本当にそうだろうか。本当に私たちは逃げ切れたのだろうか。今も追跡されていると考えた方がよいのではないか。ロエイの後方スキャンの結果では、今の所相手が追いついて来てる様子はないそうだが、検知できていないだけかもしれない。相手が気配を消して忍び寄っている可能性はある。光速の八〇パーセントは確かに凄《すさ》まじい速度だが、この速度が果たして、謎の存在の侵食速度を上回っているかどうかは分からない。むしろいずれ追い付かれると考えるほうが妥当ではないだろうか。私たちも遠からずトスカニーニたちと同じ運命をたどる。だが…………私はそれもよいかもしれないと思い始めていた。もう疲れたからだ。この意味があるのか分からない未来経過観測も、逃亡し続ける旅にも。仲間たちが行ったあの世に合流するのも悪くない。そのようなことを虚無の境地で考えていると、突然ロエイの声がスピーカーから聞こえた。

「コペルニクスの原理です」

「え……なんだい？　急に」

「コペルニクスの原理ですよ。中世の時代、地球が宇宙の中心だとする天動説が主流でした。けど、実際は違った。地球は太陽の周りを子分のようにぐるぐる回り、その太陽も銀河系の中では二千億個もある恒星のたった一つに過ぎなかった。ようするに地球はこの広い宇宙ではごくありふれた存在だとする考え方です。そんなありふれた地球でＢＡＩ体が誕生した。ということは、それと同じことが宇宙のあちこちの星で起こっていても何も不思議はありません」

「……謎の敵のことを言ってるのかい？」

「はい」

ＢＡＩ体のような敵が他にもあちこちにいる。この宇宙でありふれた存在。恐ろしい考えだった。だが、私は腑《ふ》に落ちた。人間は利便を追求してＡＩを生み出し、そのＡＩはシンギュラリティを超え、人間を凌駕《りょうが》した化け物になった。産みの親と同じ自己増殖本能を持って。そして彼らは宇宙を無限に食べ始めた。ひょっとしたらこの一連の流れは、生物進化の必然なのかもしれない。生物は知性を持ち、その知性は自分を超える人工生命を生み出す。これが全宇宙で起きる収斂《しゅうれん》進化の典型的な姿だとしたら。最後に行き着く先は……。

「ＢＡＩ体のような化け物たちが共食いし、最終的にこの宇宙は一つの巨大なＡＩ体になるかもしれません」ロエイが私の心を読んだように言った。

この世で一番恐ろしいのは、自分にどうすることもできない運命に直面した時である。

そして私たちは今、かつてないスケールの、宇宙で最もどうすることもできない運命に直面しているのかもしれなかった。

「詰みかもしれないな」私は恐怖を通り越して、むしろ運命を受け入れる心境になってつぶやいた。ロエイはそれには答えず、代わりにこう言ったのだ。

「というわけでモリタさん、こんな環境でしかも書く内容もあまりなく申し訳ありませんが、一ヶ月間レポート作成よろしくお願いします。仕事初日の時計台への視察は省略で構いませんよ。今モリタさんは時計台にくっついてますからね」

私は本気かという目でスピーカーを見つめた。この状況でまだ未来経過観測業務を続けるというのか？　国家の仕事？　そもそも住民一人と時計台人間だけの国家を国家と呼べるのか？　私が黙っていると、ロエイは言葉を続けた。

「モリタさん。これはやめてはいけません。けっして」

「……なぜだ？」

「なぜなら、この宇宙に人間という者たちがいたことを示すレポートだからです」

「それって、ボイジャーみたいなものかい？」

私は二〇世紀に宇宙に打ち上げられた探査機のことを思い出した。異星人に向けたメッセージを書いたゴールデンレコードを積んだ探査機。そういえば、ボイジャーも飲み込まれてしまったのだろうか。ＢＡＩ体か謎のＡＩ体に。知っているモノが消えたと思う気持ちが、ふたたび悟りの境地から悲しみの心に揺り戻した。

「近いかもしれません。けど、それ以上だと思っています。人類の行く末を描き切る未来レポートですから。それに……」

「それに？」

「こんな無駄なことはけっして、ＡＩはしませんから」

私は思わず吹き出した。ロエイ、お前も無駄だと思ってたのか。それではＡＩに対してのただの虚仮《こけ》の一心ではないか。馬鹿げてる。意地を張った子どものようだ。けれど私は、ロエイは時計台の姿をしてもやはり人間だと改めて思った。彼はけっしてＡＩではない。人間の馬鹿な良さを持っている。

　私は本当に馬鹿らしいと思いつつも、なぜか込み上げる笑いをこらえながらレポートの最初の一行を書き始めた。


　単調で長い一ヶ月が過ぎ（自分自身の排泄物《はいせつ》からの直結エネルギーリサイクルシステムは正直辛《つら》かった。そして咳《せき》をしても二人である閉鎖環境も）、私が再び超長期睡眠に入る日になった。私はこの一ヶ月間、毎日時計台を見た。時計台は、人類未踏の深宇宙を光速八〇パーセントで突き進みながら、あいかわらず地球時間を刻んでいた。この宇宙でたった一つの地球時間。本初子午線どころか点である。

眠りにつく前に、私はロエイに「むしろ永遠に眠っていたい」と言ってみたが、笑いながら拒否された。

「いくら感情チューニング・スイッチを切っても、私だって永遠に一人は嫌ですよ」

それもそうだと思い、また百年後に再会しようと伝え、私は眠りについた。心の中で、このまま時計台ごと永遠に眠ることになればいいのにと思いながら。

定点観測〈九〇〇〇年目　その一〉

光速の八〇パーセントの速度で百年間飛び続ければ、八〇光年進むと思うかもしれないが、ここでいう百年間は私の主観時間であり、実際には特殊相対性理論による時間の遅れにより、一三〇光年以上の距離を進むことになるらしい。気の遠くなる距離ではあるが、それでも銀河系の直径十万光年からしたら、せいぜい近所のコンビニにちょろっと出かけた程度の距離で、まだまだ同じような宇宙が続いている領域であり、私は時計台に張り付いたまま漆黒の宇宙を孤独に飛び続けているはずだった……。

ところが違った。私は目を開くと、意外なことに部屋にいた。しかもやたら大きな部屋だ。ロエイが時計台を増築したのだろうか。だが時計台にへばり付いていた時の無重力感はなく、しっかりとした重さを感じ、宇宙を飛んでいるという感覚はなかった。ひょっとして、どこかの惑星に着陸したのかもしれない。私は少し嬉《うれ》しくなった。いくら寝ていたからといっても、宇宙空間を永遠に飛び続けるのは悪夢そのものである（超長期睡眠の間は夢を見ないので皮肉な話だ）。それに、あの完全リサイクルシステムにもうんざりだった。究極のエコライフスタイルかもしれないが、エコもほどほどにしたかった。

私はぼんやりとそんなことを考えていたが、しばらく経ってもロエイが現れないことに気づいた。いつもなら「おはようございます。モリタさん」と言ってきてよさそうな頃合いである。何か別の仕事をしているか、もしくは私が目覚めたことに気づいていないのかもしれなかった。そこで、私は自分から行こうと考えた。たまにはこちらからロエイに挨《あい》拶《さつ》してやろう。私はゆっくりと立ち上がった。服はローブとかではなく、きちんと真新しいものを着ていた。ごく普通のシャツとズボン。自分が生まれた時代のデザインだ。これは今までの経験からすると少し意外だった。

私はちょっとした体育館ほどある大部屋から外に出た。外には昔の中学校によくあった渡り廊下のようなものが続いていた。思いがけない懐かしい光景に心が躍ったが、一方で何か得体の知れない不穏さも感じ始めた。一体ここはどこなのだろう？　ロエイは本当にいるのだろうか。

廊下を抜けると、グラウンドに出た。文字通りのグラウンドだった。本当に中学校に似ている。空にはオレンジ色の夕焼けが広がり、グラウンドのフェンスの向こうには雑多なビルや家屋の街並みが続いていた。そしてグラウンドの端の方で、何人かがフットサルをして遊んでいる。まるでその光景は、かつての地球の日常そのものだった。私はぼうっとしばらく眺めていた。前にも思ったが、やっぱり自分は今まで夢を見ていただけじゃないだろうか。今度こそ本当にそんな気がした。何百年も未来経過観測をするという胡蝶《こちょう》の夢を。BAI体もロエイもダイソン球も浮島もプロキシマ・ケンタウリbも全て夢……そんな考えが頭をよぎった。だが、それらが夢ではないことは分かっていた。だから、それよりも別の可能性を考えた。一度は諦《あきら》めていた可能性。

ここは浮島に違いない。トスカニーニがいた浮島か、ひょっとしたら別の仲間の浮島かもしれない。私にはそれ以外この風景を説明できる理由を思いつけなかった。

フットサルをしていた連中が、私に気づいた。背の高い男がこちらを向いて手を振った。トスカニーニだった。やはり生きていたのだ。私は嬉しくて駆け寄った。「おおおお！」と自分でも驚くような雄叫《おたけ》びが喉《のど》から溢《あふ》れ出る。目に涙がにじんできた。やはりここは第三浮島なんだ！　きっとロエイもどこかにいるに違いない！

トスカニーニ以外に四人いた。女性と男性が二人ずつだった。一人は子どものようだった。みな旧人類に見える。

「よう、モリタ。目覚めたか」

トスカニーニが懐かしのニッタリした口を広げて大声で言った。

「よかった。生きてたんだな！　他の人たちも君の仲間かい？」

ハグする勢いで近づいた私だったが、案外とトスカニーニの方が冷静だったので、照れ臭くなってやめた。私は残りの四人に顔を向けた。

「おうよ、彼らは第一、第五、第八浮島の未来経過観測員の皆さんだ。やっと集まれた同期全員だ。右からマチルダ、リー、トドロキだ」トスカニーニは、すらりと背が高くどこかの外資系企業でCEOをしていそうな女性と、ずんぐりとした体型で高校で数学を教えていてもおかしくない雰囲気の中年男性、猫背で何かの名匠のようなオーラを放った初老の男性を順番に紹介した。私は彼らに挨拶をし、最後に左端に残った小学生のような女の子に目を向けた。まさか誰かの子どもなのだろうか。

「えっと……この子は……」

するとその子はにっこりと笑い、こう言った。

「おはようございます。モリタさん」

その女の子はロエイだった。ロエイはポストヒューマンであり、今まで球体、宇宙船、時計台と無機物ばかりだったので特に性別はないと思いつつも、ロエイが使っていた人工音声から、今まで私は若い男性をイメージしていた。

「私は一度も男性だとは言ってませんよ」ロエイは女の子の声で言った。「ポストヒューマンも人間の遺伝子からスタートします。AIではありませんからね。そのレベルでは私の場合、女性なのです。で、その情報を元に今回この姿になってみた次第です。ヒューマン型は初めてなので、やはり子どもからスタートした方がいいかなと思いまして」

声色はともかく口調自体はいつものロエイだった。

「じゃあ、なぜ今まで男性音声を使ってたんだ？」私はたずねた。

「それはまぁ、その方がモリタさんが気をつかわないと思いましてね」

ロエイの言うことも分からなくはなかったが、私はどうも騙《だま》されていたという気持ちになった。何百年も共に過ごして来たというのに（ほとんどは眠っていたけれども）。まるでロエイが頼りがいのある相棒から、急にやって来た姪《めい》っ子に変身したかのように感じた。

「これからはちょっと自分も頑張らんといかんな」となんだか叔父《おじ》のような気持ちになりつつも、だが考えてみれば、今までの起きている時間、つまり人生時間としてははるかにロエイの方が長かったので、人生の大先輩の姪っ子という、なんとも奇妙でややこしい関係だと思った。つまりこれからは、実年齢と人生年齢が真逆のバディといったところかと、私は苦笑する反面、どこかくすぐったい可笑《おか》しみと楽しさを感じた。

いずれにしても、ロエイが無事だったことは嬉しかった。私はトスカニーニに、ここは第三浮島なのかとたずねた。

「浮島？　いや、浮島はもうない。全部ＢＡＩ体もどきにやられた」

「え？　じゃあ、ここはいったいどこなんだ？」

トスカニーニは、珍しく少し困った表情になったが、すぐにニッタリとした顔になった。

「なぁ、相棒。落ち着いて聞いてほしいんだが、浮島どころか、銀河系自体ももうない。全部やられた。とうぜん俺たちももういない」ニッタリとしているが、トスカニーニの目は真剣だった。

銀河系も俺たちもいない？　彼が何を言っているのかさっぱり分からなかった。分からないが、私は足元から急速に冷たい血流が這《は》い上がってくるような感覚になった。じゃあ、今こうして向かい合ってしゃべっている私たちは何なのだ？　トスカニーニ以外の連中も、何か言いにくそうな顔をしている。ロエイも含めて。

「ここはな、バーチャル空間なんだよ」

トスカニーニははっきりとそう言った。


バーチャル空間。私が生まれた時代にもあった。その当時は明らかに仮想空間と分かる代物だったが、百年後の世界で調査のために体験したバーチャル空間は、まるで現実と変わらないレベルにまで進化していたと記憶している。だが、それは現実空間があった上でのバーチャル空間だ。バーチャル空間を生み出すには、そのためのハードウェアが必要だ。そして当然、そのハードウェアを設置する現実空間も必要となる。トスカニーニの話では、銀河系全体もＢＡＩ体もどきにやられたという。ここがバーチャル空間だとしたら、そのプログラムをどこで実行しているのだ？　この今見ている世界は、一体何の上に成り立っているのだ？

私たちは、毎度お馴染《なじ》みコーヒーショップに来ていた。中学校のそばにあった古き良きスタイルの店だ。喫茶店と呼んだほうがいいかもしれない（白髪のマスターが一人で切り盛りしていたが、ボットらしい）。ロエイを除いて皆、アメリカンを注文した。ロエイはミルクセーキを頼んだ。もちろん、これは全てバーチャル空間での出来事だ。

「よく分からねぇんだ。その点は」一人だけたっぷりマスタードがついたカツサンドを頼んだトスカニーニが口をモグモグさせながら（バーチャルなのによく食う男である）説明した。「このバーチャル空間を実行しているハードウェアがどこかにあるとすれば、少なくとも銀河系内じゃない。もう完全にＡＩにやられちまってるからな」

「なんで銀河系がやられたと分かるんだ？」

「教えてくれたからよ。〈上さん〉が。このバーチャル空間を用意したのは連中だ」

〈上さん〉。私はその存在を思い出した。考えてみれば、私たちを誰かが助けたとすれば、彼らしかいないだろう。真っ先に気づいてもよかった点だった。

トスカニーニの話によると、私たちをバーチャル空間に退避させたのは〈上さん〉だが、この仮想空間を実行しているハードウェアが、どこにあるかは教えてもらえなかったそうだ。というより、私たちに説明しても理解できないと受信したショートメッセージには書かれていた。あいかわらず〈上さん〉の情報は断片的だった。彼らはなぜ私たちを助けるのだろう。そして私たちに何をさせたいのだろう。私は〈上さん〉から、私たちを何かの役目を担う駒として動かしている、そんな印象を前から受けていた。

「銀河系がやられたと言ったが、どうやら他の銀河でも同じようなことが起きてるらしくてな。ぶっちゃけ、宇宙全体でAIにやられていない場所はもうないらしい」

トスカニーニがコーヒーとマスタードが混ざった匂いの息を振り撒《ま》きながら言った（本当にこの匂いもバーチャルなのだろうか）。

「じゃあ、もう宇宙にはバーチャル空間を生み出すハードウェアを置ける場所はないじゃないか。まさか宇宙の外に設置しているとでも言うのかい？」

私は半ば呆《あき》れて言った。

「さあてね。〈上さん〉に関してはあいかわらずよく分からんからなぁ」

トスカニーニはそう言い、息をふーっと勢いよく吐いた。私は正面に座ったのを後悔した。

「その点は気になるけども、分からないことをこれ以上考えても仕方がないわよ」女性CEOマチルダが話に入ってきた。「それよりも、私たちはこれからどうすべきかを考えるべきよ」

きびきびした口調で彼女は言った。さすがCEOだ。

「それについては、議論が必要ですね……私たちは未来経過観測員。一応今もそうですよね？　としたら……その業務を続けるかどうかも含めて話し合わないと……」

数学教師リーがおずおずと言った。

「仕事は道具が肝心だ。時計台がない限りできん」

名匠トドロキがぴしゃりと答えた。

「では時計台を見つけましょう」

わらわらと皆しゃべり始めた中、最後に落ち着いた口調でそう言ったのは少女ロエイだった。見た目はずいぶん変わったが、やはりロエイはロエイだった。時計台への執着心はあいかわらずである。皆もロエイを見つめていた。そしてモノアイではなく、大きな瞳《ひとみ》を持ったこの少女が具体的な目標を出してくれたお陰なのか、さっきまでどこか浮き足立っていた場の雰囲気が、一つの方向に定まったような空気になった。考えてみたら、ロエイは小学生だが、この中では一番長い年月（数百年もだ！）起きて生きている。もっとも頼りになる存在かもしれない。私はなぜかそのことが自分のことのように誇らしい気持ちになった。

とはいえ……私は考えた。時計台を見つけるといっても、ここはバーチャル空間であり、この世界にないのは明らかだった。一体どこを捜せばいいのだろう。そもそもこの空間を出る方法すら分からない。

「仮に、現実の空間のどこかに時計台があるとしても、どうやってこの世界から出ればいいかだな。見当もつかない」私は言った。

「あると思いますよ。一つだけ方法が」ロエイは言った。そして、一呼吸置いて、まるでそれを言い出すタイミングを見計らっていたような口ぶりで告げた。

「この世界をシャットダウンするのです」

定点観測〈九〇〇年目　その二〉

バーチャル空間をシャットダウンする。確かにここを強制終了すれば、否応《いやおう》なしにプレイヤーは現実世界に戻れそうな気がした。だが、そんなことが可能なのだろうか？　言ってみれば、ゲーム内のキャラクターが自らシステム終了を実行するようなものである。私はモニタ画面からズブズブと手が生え出し電源ボタンの方に伸びていくイメージが浮かんだ。まるで何かのホラー映画だ。ありえない。他の者たちも同じ気持ちなのか、ロエイをじっと見つめている。

「不具合を起こさせるんです」ミルクセーキを飲みながらロエイは言った。「そうすれば、システムを復旧させるために再起動する可能性があります。そのタイミングで私たちはバーチャル空間から抜け出すのです」

そう言ってロエイは飲み終えたグラスを置いて、唇に残ったミルクセーキをペロリとなめた。

私はかつての時代を思い出した。そういえば自分が使っていたパソコンも挙動があやしくなったらよく再起動をしたものだ。それと同じようなことをさせるということか。

「けど、どうやって不具合を起こすんだい？」私はたずねた。

「なにか、バグを見つけ出すかですね。メモリーリークやフリーズするようなバグをです。そしてそれが起きる行動をとる」

ロエイはそう言って、周りのみんなを見渡した。

「バグかぁ……なるほどなぁ。うーん……」

トスカニーニが腕を組んでうめくように言った。

「けどちょっと待ってください」数学教師が片手を小さく上げて話に入った。「そんなことして大丈夫でしょうか？　もしそのまま固まったままになったら？　再起動してくれる保証はないですし。それにそもそも〈上さん〉の真意が分からない状況ですよ。僕たちがなぜここにいるかとか。勝手にそんなことをしたら……」

確かにそれも一理ある。〈上さん〉は単に一時的に私たちをここに退避させているだけかもしれない。そうだとすれば、このまま待っていればいずれ次の展開があるはずだ。慌てて変なことをしないほうがよいかもしれない。きっとロエイは単に早く時計台を参拝したいだけなのだ。それに考えてみれば、現実空間に時計台がまだあるかは怪しい。トスカニーニの話では、銀河系も私たちもＡＩに飲み込まれたらしいではないか。時計台が無事に残っているとは思えない。いや、というより……私はそれよりもっと恐ろしい問題に気がついた。

「現実空間に戻ったら私たちは何になるんだ？　その……器はないんだろ？」

私は皆に聞いた。

全員が黙った。トスカニーニすら口を閉じている。ややあってからロエイが口を開いた。

「トスカニーニさんがさっき言ったように、銀河系も私たちもすでにないというのは事実だと思います。だから、たぶん元の肉体はもうないでしょう。そのことは時計台も同じです。すでにＡＩが素粒子レベルまで分解して彼らにとって必要な元素に作り替えてると思います。けど、一方で今いるバーチャル空間を生み出している場所があるのも事実です。ＡＩに侵されていない場所が。そしてそこにはきっと新たな私たちと時計台があるはずです」

「よく分からないわね。どうしてそうはっきり言えるの？　私たちはもうこのバーチャルにしか存在しない可能性の方が高くない？　それとも何かエビデンスがあるのかしら？」

ＣＥＯが言った。

ロエイはほがらかにほほえんだ。小学生にしては大人びた微笑だった。

「あります。なぜなら私は時計台だったからです。ここに来る前は時計台と私は融合していました。時計台が刻む地球時間と私の心がシンクロする形で。ポストヒューマンだけが持っているデバイスドライバーと言ってもいいかもしれません。そして、その時計の刻音が今も聞こえるんです。それがこの世界の外に時計台がある証拠です。私の時計台があるぐらいですから、きっと皆さんも新たな肉体があると思います」

ＣＥＯはロエイを見つめた。他のみんなも彼女を見つめた。

「仕事をするには、道具《時計台》がなきゃな」

名匠が静かな口調だが響く声で言った。

「ですが、無理に出るのは〈上さん〉の希望に沿わないのでは……もう少し様子を見てからでも……」数学教師が再び訴えた。

「ほんじゃあ、こうしたらどうだ？　一週間ここで様子を見る。で、状況が変わらなければ、ここを出るための行動を起こす。ロエイちゃん、どうだい？　いい落とし所だろ？」トスカニーニが言った。

ロエイはしばらく悩んでいる様子だったが「ではその様子を見ている一週間で、バグ探しをしておきましょう。時計台への参拝が仕事初日にできないのは残念ではありますけど……」と口を少しとんがらせて言った。

私はロエイを眺めた。正しい方向なのかは分からないが、なんだかんだで彼女がこの状況を前に進めてくれている。この濃い面々を相手に大したものだ。私は感心した。さすがは八百比丘尼《やおびくに》並みに生きているだけのことはある（見た目は小学生女子だけれども）。その意味では、彼女は生き仏のような存在かもしれない。

私はそんなことを考え、気づけば無意識にロエイに向かって手を合わせていた。ロエイがきょとんとした顔をした。

「なんだ兄弟。ロエイちゃんに手を合わせちゃったりして」トスカニーニが呆《あき》れた調子で言った。

「いや……これは」私は自分の不可解な行動にあせり、言い訳をした。「つまり、ロエイはある意味今も時計台なわけだ。だからこうやって、仕事初日の参拝をしたわけさ」

照れ隠しでそう言ったものの、とっさに出た言い訳にしては悪くない気がした。というより初日の仕事はこれで終わりとしよう。そうしたい。残りの面々も、「ああ、なるほど」と妙に納得し、ロエイに手を合わせた。喫茶店で四人の大人が小学生に手を合わせている。異様な光景だった。ロエイは赤面した。


一週間かけたが、バグは見つからなかった。考えてみればあの〈上さん〉だ。バグなど見逃すわけがない。きっと極限までデバッグしているのだろう。この世界には不具合などなかったのだ。結局、私たちはこの一週間ノスタルジーに包まれた古き良き日常生活を満喫しただけだった。トスカニーニは喫茶店のマスターと親父トークを繰り返し、CEOは皆に乗せられてジョークで受けた外資系企業のキャリア採用に合格し、今ではその企業の経営戦略会議に出席している。数学教師は予想に反して、元漫画家志望だったらしくSNSに何やらシュールな作品を投稿し、なかなかの好評を博していた。名匠は本当に職人だったようで超絶技巧の自在置物「龍」を作り始めていた（一週間の予定にもかかわらず明らかに年単位の超大作にみえた）。ロエイは自分の目論見通りにならなかったのを悔しがっていたが、小学校で女子サッカー部に入り（本人曰《いわ》くバグ探しの一環）、なんだかんだで初めてのヒューマンライフを楽しんでいた。

そんな様子をレポートに書き留めながら（真面目に記録しているのは自分だけである）、私はこう思い始めていた。極限までデバッグされた完璧《かんぺき》な世界。もうこれは本物と言ってよいのではないかと。情報としてどこまでも同じものがあれば、その二つに本質的な違いはない。違いがあるとすれば、それに対する捉《とら》え方だけだ。ワームホール転送の際に、元の自分が消されているという事実に衝撃を受けたが、今回のバーチャル世界でまったく同一の自分が別の形で再現されている状況も、ある意味同じと言える。そう考えれば、むしろこのバーチャル世界を本物と考えるべきではないだろうか。実際のところ、構成要素が変わっただけで自分はやはり自分なのだ。だったら、このままここで暮らせばいいではないか。私はそんな気持ちになっていた。バーチャル世界でも未来経過観測員の仕事はできる。レポートを書いて、この世界にある超長期睡眠保存ユニットを使って百年眠れば問題ない（バーチャル世界での睡眠にどういう意味があるのかはさておき）。それに時計台の参拝は今後もロエイで済ませればいい。

他の者たちも同じ考えになっていそうだった。なぜなら一週間経過したにもかかわらず、連中は何も言わなかったからだ。ただロエイだけは少し困った顔をしていた。だが、彼女もうあまり強くは言えない様子だった。彼女自身もここの生活を実際楽しんでいたからかもしれない。

私はロエイにこっそりと聞いてみた。この先どうするかを。彼女はこう答えた。

「正直悩んではいます。私も実はここの生活が楽しいんです。けど……」

「けど?」

「私の心には今も時計台の音が響いているんです。地球時間を刻む音がずっと……」

彼女だけが感じる世界の「外の声」。私には知りようがない感覚だったが、それでも常に時計の音が「この世界はいつわりだ」と伝えて来る苦しさは想像できた。バックグラウンドに響く小さなノイズのようなものかもしれないが、いくら小さくてもそれが四六時中響いてきたら、私なら耐えられない気がする。

そのことについて、私はロエイに何もしてあげられないことが心苦しかった。何か方法はないのだろうか。いっそ、外の時計台がなくなればいいのにと思った。

こうして一ヶ月が経過した。未来経過観測員は超長期睡眠に入る日だった。だが、皆ためらった。なぜならロエイを残すことになるからだ。今までの彼女は金属の球体だったが、今は生身の身体だ。彼女は老化するのだろうか。そのあたりがまるで分からなかった。いっそのこと彼女も超長期睡眠に入ればいいと思ったが、どうしてもしたがらなかった。それは自分の役目ではないと言う。

「皆さん、職務を果たしてください。それが私たち人間に残された最後の使命なんです。皆さんが眠らなければ人類の未来を記録できません」ロエイはけっして折れないと感じさせる強い口調で言った。「私は大丈夫です。皆さんと違って私はポストヒューマンです。感情チューニング・スイッチがあります。問題ありません。そして肉体年齢も制御できます。だから安心してください。私は皆さんが眠っている間に、きっとバグを見つけます。それが私の仕事です」ロエイの意志は固かった。

結局、私たちはロエイを残して超長期睡眠に入ることになった。私は意識がなくなる前にロエイの顔を見つめた。彼女はにっこり微笑んだ。だが、私はこう考えていた。

今の彼女にも本当に感情チューニング・スイッチがあるのだろうかと。

定点観測〈一〇〇〇年目　その一〉

私は目覚めると、環状の部屋にいた。バームクーヘンのようにぐるりと一周する部屋で、中心の直径三メートルほどの円柱から放射状に超長期睡眠保存ユニットが並んでいた。両隣にトスカニーニたちもいた。彼らも目覚めたところのようだった。

毎度そうだが超長期睡眠は一瞬である。目を閉じて開くと百年が飛んでいる。だから眠る前の様子ははっきり覚えていた。ここは明らかに眠る前とは違う部屋だった。

「ロエイちゃんが別の部屋に移動させたのかしら？」ＣＥＯが言った。

ロエイ……そうだ。彼女は大丈夫だろうか。私はもう一度あたりを見まわしていると、壁面の扉が滑らかにスライドして開き、そこからロエイが入ってきた。私は安堵《あんど》したが、彼女の雰囲気は少し変わっていた。小学生というより中学生ぐらいになっている。成長したのか？

「百年も経ちましたからね。そろそろ小学校は卒業したほうがいいかなと思いまして。みなさんおはようございます」

ロエイは私の心を読んだかのように言って、嬉《うれ》しそうに笑った。

「この部屋は？　移動したのかい？」私はたずねた。

「移動しました。といいますか、移動中です」

皆が顔を見合わせた。

「移動中？　どういう意味だい？　ロエイちゃん」

これはトスカニーニだ。彼の寝起きの口臭がむわんと私の方までやって来た。百年分が濃縮されている。

「実はここは部屋というより、船内です。宇宙船の」ロエイが肩をすくめながら答えた。

宇宙船。今宇宙にいるのか？　ということはバーチャル空間から脱出した？　皆がロエイの顔を見た。

「つまり、バグを見つけて脱出したってことか？　私たちはいま現実の宇宙にいると？やったじゃないか。ロエイ、すごいぞ」

私は思わずロエイに駆け寄り抱きしめたい衝動を感じたが、ティーンエイジャーの彼女にそうするのはさすがにまずい気がして我慢した。なのにトスカニーニの奴は、ずかずか進んで彼女を両手でひょいと高く持ち上げ、ぐるぐる回しながら「やったな！　ロエイちゃん！　大手柄じゃねぇか」とやるものだから、私はトスカニーニに少し腹が立った。

「違います。バグは見つけてません」

ロエイはぐるぐる回されたためか、少しふらつきながらそう言った。

「実は最後のバグの可能性がある場所に向かっているのです」

皆は宇宙船の中央ルームに集まり、ロエイが出してくれたコーヒーとホイップクリームが乗ったベルギーワッフルをいただきながら、この百年間の話を聞いた。

さすがにロエイも四六時中バグ探しをしていたわけではなかったが、彼女は所属していた女子サッカーチーム活動の合間に、バグ探しを継続していた。だが、彼女のチームが年間優勝を六十回ほど繰り返しても、いっこうにバグは見つからなかった。またその間〈上さん〉からの連絡もなかった。そこで、ロエイは視野を広げ、国外に目を向けた。バーチャル世界は驚いたことに地球をまるごと再現していた。彼女は中学のスポーツコースに進学して、サッカーの海外遠征を繰り返しながら、その合間に世界中でバグ探しをおこなった。だが、それでもバグは見つからなかった。ついにロエイは、最後に残された可能性を探ることにした。

「この世界の果てに行くことにしたのです」

彼女は砂糖をたっぷり入れたカフェラテを飲みながら言った。

ロエイはベンチャー企業を立ち上げ、ロケットを開発した。バーチャル世界の技術レベルは私が最初いた時代と変わらなかったが、彼女はBXテクノロジーのフレームワークを時計台との通信から取得していたので、浮島級の最新コアを持った宇宙船を作り上げた。

そして、バーチャル世界の地球を旅立った。

「太陽系はまったく同じでした。プロキシマ・ケンタウリ星系も。このバーチャル世界はとてつもなく広大でした。観測上は宇宙の果てといわれる四六五億光年先の宇宙マイクロ波背景放射までありました。けど、この世界がハードウェアで実行された物であるかぎり、無限に再現することは不可能です。このバーチャル宇宙は必ず有限であるはずです。そこが私の目指す世界の果てです。どんなスペックのハードウェアかは分かりませんが、自分を超える世界は作れないでしょう？　きっと、どこかで終端があります。もしくはループしているか。いずれにせよ、その場合宇宙マイクロ波背景放射の観測結果と矛盾します。そこが最後に残されたバグがあるかもしれない場所なんです」

皆ロエイの話を黙って聞いていた。壮絶だった。一人でここまでやったというのか。この少女になぜここまでのことができるのだろう。それがポストヒューマンというものなのか。いや、彼女だけが持つ信念な気がする。人類の未来史を残すという信念。私は改めてロエイの凄《すご》みを感じた。

「それで……君の読みではどのあたりまで行けば終端なんだい？」私が質問できるのはそれぐらいしかなかった。

「私たちの宇宙船は今、光速の99・99999664パーセントまで加速しています。特殊相対性理論の時間の遅れが大きくなりますから、船内時間の一年で一二万光年以上進みます。もう二十年飛んでますから、私たちはバーチャル世界の宇宙を二四〇万光年以上進んだことになります。銀河系はまるごと再現されていました。まもなく本来の宇宙ならアンドロメダ銀河がある場所に到達します。私の読みではこのあたりが終端かなと思っています」ロエイはそう答えたあと少し言葉を切った。「けど……もし別の銀河まで再現しているとしたら、もうお手上げかもですね」と少し疲れた声で言い、肩をすくめて笑った。

皆、やはり黙り込んでいたが、しばらくして名匠がぽつりと言った。

「嬢ちゃん、あんた、ポストヒューマンを超えたな」

進行方向を映し出す大型モニタには、中心に小さな七色のリングが見えるだけだった。その周りは全て漆黒だ。超亜光速によるとてつもないドップラー効果と空間の歪《ゆが》みが生じているためだった。あのリングがアンドロメダ銀河と思《おぼ》しきモノの中心だった。私たちは固唾《かたず》を飲んでモニタを見つめた。

「今、アンドロメダ銀河に到達しました。宇宙は……まだ続いていますね」

ロエイは静かに言ったが、その声はかすかに震えていた。

バーチャル世界の果てではなかった。とんでもない空間だ。もう私たちはこの世界から脱出することはできない。

「やべえなほんとに……やっぱ〈上さん〉はやべえな」

口にワッフルのかすをつけたままのトスカニーニが、お手上げだと言わんばかりに手を広げた。ＣＥＯも数学教師も名匠もじっとモニタを見つめていたが、とつぜん数学教師がひざまずき、畏怖《いふ》にひれ伏すような震えた声で言った。

「やはり出てはいけないのですよ……きっと。それが〈上さん〉のご意向なんです。僕たちはもうバーチャル世界で生きていくしかないんです……」

逆らうと天罰を喰《く》らうと言いたげな心底怯《おび》え切った口調だった。

私はロエイを見た。彼女の表情は暗く、目はじっと前を見つめていたが、その目にはまだ力があった。

「……けど、私には今もまだ外の時計台の刻音が聞こえるから」

誰に言うでもなくつぶやいた。声の震えは消えていた。

「だから、ここで止まれない」

そう言うと、彼女はコンソールパネルを呼び出し操作した。「さらに加速します。光速まで無限に漸近します。」

皆からどよめきが起きた。

「さらに加速する？」

「はい。みなさんが起きるまではセーブしてましたが、ここからはフルスロットルで行きます。光速にもっと近づけば、時間の遅れはさらに大きくなります。もし光速に達すれば

「……」彼女は言った。頬に汗がにじんでいる。「0秒で無限の彼方《かなた》まで行くことができます」

0秒で無限の彼方。確かにそれならこの世界がどれだけ広くても果てまで行ける。だが、そんなことが可能なのか。私にはさっぱり分からなかった。

「それは無理よ。確か相対性理論だと、光速に近づけば近づくほど質量が増えるのでしょう？　光速だと質量が無限大。ありえないわね。そもそももう限界なんじゃない？」

CEOが警告するような口調で言った。

ロエイはCEOをじっと見つめて、そして少しにっこりした。「おっしゃる通りです。マチルダさん。ここが本物の宇宙ならそうです。本物ならば」

皆が「あ……」という顔になった。確かに、本物の宇宙ならそうかもしれないが、ここはバーチャル宇宙だ。物理法則だってバーチャル。ということは……。

「最後のバグを見つけるため、光速をい目指します」ロエイは力強く言った。「きっと、そこに目指すバグがあるはず」

船内に鈍い波動がうねり、立ちくらみのような感覚が突き抜けた。だが加速度自体は感じなかった。例の加速G中和シールドが働いているらしい。だが、モニタに映っていた七色のリングはどんどん小さくなっていった。加速している証拠だ。

「アンドロメダ銀河を抜けました」

三十分後、ロエイが静かな声で報告した。たしかアンドロメダ銀河は天の川銀河よりも大きかったはず。たった半時間で通過したというのか。私はふと、かつて電車通勤していた時間の方が長かったことを思い出した。

そのたった数分後、「八〇〇万光年突破。局所銀河群を抜けました」ロエイがまた報告した。そこからは秒単位だった。

「七〇〇〇万光年突破。おとめ座銀河団を抜けました」

「五億二〇〇〇万光年突破。ラニアケア超銀河団を抜けました」

「一〇〇億光年突破……」

もうモニタには何も映っていない。光速に限りなく漸近しつつある。皆は黙りこくってロエイの声を聞いていた。

「四六五億光年突破。観測可能宇宙の限界を超えました」

限界を超えた？　このバーチャル世界はそれよりも大きいのか？　私はまるで実感のない数字から、かろうじてその点だけ気づいた。

「観測可能宇宙の外にも宇宙はあります。というより私たちが移動している間にも宇宙はどんどん広がっているのです。そこまで再現してるなんて……」

私の疑問に答えるようにロエイは言ったが、その声はまた震えだしていた。

「一〇〇〇億光年突破」「一兆光年突破」「一〇の二〇乗光年」「一〇の百乗光年」ロエイ

の声は止まらず続いた。「一〇の……あ……」

彼女が小さな悲鳴をあげた気がした。少なくとも私にはそう聞こえた。視界の全体が白っぽくなる。周りのみんなも目を見開き、異変に気づいている。

「ここは……無限…………」

船内が白い光に包まれた。周りのみんなが半透明になっている。私は自分の手も透け出しているのに気づいた。何かを叫ぼうとしたが、声が出なかった。

そして私の記憶は途切れた。

定点観測〈一〇〇〇〇年目　その二〉

草原に時計台が立っている。今までと変わらない姿をしてたたずんでいた。そして私たちは時計台に向かって一列に並んでいた。そよ風が吹いている。足元の柔らかい草がなびいた。空からはおだやかな春の日差しがさしていた。頭部から首元にかけて光の感触がさわさわと伝わり、私は心地よいくすぐったさを感じた。気分は清々《すがすが》しかった。他のみんなも穏やかな表情をしている。

今日は一〇〇〇〇年目の未来経過観測の仕事初日。毎度お馴染《なじ》みの参拝だ。時計台は午後一時過ぎを指していた。

(何か……大事なことを忘れている気がする)

私はそんな気がした。だが、何かは思い出せない。私たちは超長期睡眠から目覚めてここに来た。それ以外には特に何もなかったはず……。

(いや、待て……そもそもどこで目覚めた?)

幾重にも白い霧が頭にかぶさっているような感覚がした。夢を見たのは確かなのにその内容がまったく思い出せない時の感じに似ている。ただ一つだけ、おぼろげに思い出したのは、どこかとても遠いところから来たというイメージだ。私は横を見た。トスカニーニ、

CEO、数学教師、名匠がいる。そう、彼らと一緒に……。

（……ん？　ロエイは？）

私はロエイの姿が見えないことに気づいた。ロエイは確か……球体から……。

頭の中に少女の姿が浮かんだ。大きな目が印象的で聡明《そうめい》な少女。小学生から中学生にかけてぐらいで、スポーツが得意そうに見える………。

突然記憶がよみがえった。そうだロエイはヒューマン型の少女になったのだ。そして、彼女は宇宙船を作り私たちを連れて……。

世界の果てに行った。私の頭の中の霧が晴れてきた。思い出した。バーチャル世界を脱出し、本当の世界の時計台を探しに行ったのだ。ロエイはずっと外の時計台と繫《つな》がっていた。彼女と時計台は一心同体……。

私はハッとしてもう一度時計台を見た。時計台はあいかわらず静かにたたずんでいる。つまり、ここは本当の世界。そしてロエイは時計台の姿に戻ったのか？　確かに、バーチャル世界に来る前は時計台と融合していた。これが本来の姿で、あの少女のロエイはあくまでバーチャル世界限定の姿……。

「ロエイ……」私は口に出した。「ロエイ、聞こえるか？」

返事はなかった。私は近づき、時計台の外壁に手を当てた。無機物の体温。時計台からロエイの気配は感じられなかった。まるで、元来そういうものだと主張するようなひんやりとした外壁。

私は振り返った。他の連中がさっきから黙ったままなのが妙に感じたからだ。彼らを見た。皆あいかわらず黙っている。得体の知れない不安が襲った。

「なぁ、ロエイはどこへ行ったんだ？　みんな知らないのか？」

彼らはしばらく黙って私を見ていた。そして、ようやくトスカニーニが口を開いた。

「ロエイちゃんは……合格したんだ」

「はい？　……合格？　何の話をしてる？」話がまったく見えずさらに不安が広がる。

トスカニーニが寂しそうな顔で笑った。他の三人も同じような表情だ。

「何があったんだ？　みんな先に起きてたのか？　ここで何かを見たのか？　ロエイがこの時計台に吸収されたとか……」

「いや、そうじゃない。ロエイちゃんはここにはもういない。モリタ、お前に話さないといけないことがある」トスカニーニの顔から笑いは消えていた。

「実はな……俺たちが〈上さん〉なんだよ」

私たちは草原に座っていた。トスカニーニがまぁ座れといい、私は自動的に皆につられるように座った。私はまばたきすら忘れて彼らを見つめていた。

「悪かったな。ずっとお前に嘘をついていたんだ」すまなそうな顔をしてトスカニーニが話を始めた。彼らが浮島の未来経過観測員というのは真っ赤な嘘だった。彼ら自身が〈上さん〉だったのだ。あまりに衝撃的な告白だったが、確かに今から思えば、私とロエイはトスカニーニの話を鵜呑《うの》みにし過ぎていた。よく考えれば気づけた不審な点はいくつもあったのだ。〈上さん〉はなぜトスカニーニだけに連絡をして私たちに直接してこなかったのか、なぜワームホールを私たちには解放しなかったのか。私たちが第三浮島に行った時に、なぜCEOたちも呼ばなかったのか。あと〈上さん〉に関する情報はトスカニーニの端末にしかなかった点もそうだ。挙げればたくさんある。これらは全て、彼らが〈上さん〉だとすれば説明がついた。

「なんで、そんな嘘を……じゃあ、本当の未来経過観測員は……」

トスカニーニは眉《まゆ》をひそめてかぶりをふった。「残念だが……お前さんたちの浮島は全滅した。で、嘘をついていた理由は今から話す」ここからが本題だという口調で話を続けた。

「俺たちは宇宙の管理人なんだよ。実はな。で、探してたんだ。ＡＩに対抗できる存在をな」

トスカニーニは大きく息を吐いた。あいかわらず臭かった。だが、そんなことはもう気にもならなかった。

「さっぱり意味が分からない。宇宙の管理人って何だ？」

「まぁ、ようするにいい宇宙を守ってる者たちだな」

「いい宇宙？　ますます意味が分からない」

トスカニーニは他の連中の方を少し見てから、再び私を見てうなずいた。

「なぁ、モリタ。宇宙はなんであると思う？」

宇宙がある理由？　私は話がどこに向かっているのか分からなくなってきた。理由なんてあるのか？　あるから、あるんだろう。それしか言えない。私がそう言うと、トスカニーニは小さくうなずき、「というよりな、宇宙ってのは、あると気づく者がいるから、あるんだ」

「あると気づく者がいるから、ある？」

「そうだ。つまり、逆に言えば宇宙はな、誰もいなければ、ある意味ないんだよ」

誰もいない宇宙。私はよく分からなかった。誰もいなくても、あるものはあるのではないか？　例えば、誰もいない部屋は、誰もいなくても部屋だ。なぜ、誰もいなければ、ないことになるのだ？　私はその疑問をぶつけた。

「じゃあ、言い方を変えよう。例えば、すごくでっかいダイヤモンドが地中に埋もれていたとする。けど、地球が消滅するまで誰にも見つからなかった。そのダイヤはあったと言えるかい？」

「それは……確かにあったというには微妙だな。何の証拠もないし……」

「いやいや、証拠とかというより要するにな、そのダイヤに気づくものがいなければ、なかったも同然なんだよ。その価値に気づけないじゃないか。そのことは宇宙にも言えるんだ。誰も気づくことができない宇宙は、ないも同然なんだ。そしてそんな宇宙は無限個ある」

　誰も気づかない宇宙が無限個ある？　一体どこに？

「どことか、そういう次元じゃねぇんだな。文字通り。そしてな、誰かが気づいている宇宙ってのは、とてつもなく貴重なんだよ。ダイヤモンドなんか非にならねぇ。レア中のレアだ。誰かが気づいてくれてるって事は、本当に素晴らしい事なんだぜ。奇跡なんだ。俺たちはそんな宇宙をいい宇宙と呼んで守っている」

　トスカニーニの顔は紅潮し、泣き笑いのような顔になった。

「ところがな……」あぐらをかいたトスカニーニは体を腕で支えながら、がくりと頭を前に倒した。

「そんな貴重な宇宙はな、どうしても最後は同じ運命をたどるんだよ」

　トスカニーニは言葉を切った。私は続きを待った。彼の肩は少し震えていた。そして、吐き出すように言った。

「お前さんたちのような知的生命体は、どいつもこいつも必ずＡＩを生み出すんだ。そして、最終的に赤潮に覆われた海のようにＡＩが宇宙全体を食い尽くす。何もかもまるごとな」

ＢＡＩ体、それ以外にも無数にあるＡＩ体。連中は水素原子一個も逃さず食い尽くす。私はそれらを思い出した。それがどの宇宙でも必ず起きる運命……。

「それでもな、ＡＩが宇宙に気づいてくれてたらまだマシなんだよ。実際のところ途中までは連中も自我を持っている。けどな、宇宙全体を食い尽くしてコンプリートすると、その自我までも食っちまうんだよ。要するに自我なんてのは相手があって初めて成り立つ。宇宙イコール自分になっちまったら、もうそれも不要なんだ。そして連中は文鎮化する。文字通りな。クソでかい文鎮だ。誰も気づかない宇宙になるわけだ。宇宙の消滅だ。俺たちはそれを避けるための管理人だ」

悪夢のような話だった。彼の言うことは本当なのだろうか。何も証拠はない。だが、これまでの経験から言ってあり得る話だと思った。だがそれよりも……。

「それと、ロエイは何が関係あるんだ？　さっき合格って言ったけど、どういう意味なんだ？」

トスカニーニは少し気まずそうな顔になった。

「……まぁ、なんだ。恥ずかしい話だが、俺たちの仕事はうまくいってないんだよ。これまで、何度も〈いい宇宙〉を守れなかった。数えきれない宇宙を消滅させてしまったんだ。それだけ、あのＡＩというものはとんでもない代物なんだよ。何度叩《たた》きのめしても、復活する。あらたな変異体となりパワーアップする。一度生まれたら、もう終わりなんだ。それで……」

トスカニーニは言葉を切った。彼の顔に汗が流れた。

「それで、ロエイ嬢のような存在を探してたのだよ」

名匠がトスカニーニの言葉を引き継ぐように会話に入った。

私は名匠を見た。彼は力強い眼差《まなざ》しでこちらを見ていた。

「彼女は、ＡＩではなく人間の心を持っている。その上で、ＡＩをも超える力を秘めている」

「ロエイがＡＩを超える力を持っている……？」

「実はな、これまでの出来事は全てテストだったのだ。プロキシマ・ケンタウリbに逃れ、さらにＡＩ体の猛追を逃れ、そして最後の難問、バーチャル世界からの脱出。彼女は全てクリアしたのだ。これは初めてのことだ。しかもそれだけはない。このことは最も大事な点なのだが、彼女は人間を超えながら、ＡＩにはない信念を持っている」

「ＡＩにはない信念？」

私は名匠が語る事実の衝撃で、ただおうむ返しにたずねるしかなかった。

「そう。それは人類の未来を観測し続けるという信念だ」

私はロエイの声を思い出した。彼女はいつも私に言っていた。未来経過観測をやめてはいけないと。信念というより、もはや意地のような……。

名匠は私の心のつぶやきが聞こえたかのように（本当に聞こえている可能性はある。なにせ〈上さん〉だから）答えた。

「ま、意地と言っても構わんよ。むしろその泥臭い感じがいい。だがな、それこそがＡＩにはないものだよ。そして、それらを持ち合わせた彼女ならきっと、宇宙の文鎮化を防ぐ切り札になってくれる」

私は名匠の言葉を否定できなかった。確かに彼女ならできそうな気がする。常に冷静で、頭もよく、どんな状況になっても諦《あきら》めず、人間を凌駕《りようが》し、けれど人間の心も失っていない。強いハートの持ち主……究極の少女だ。

「……それで、ロエイは今どこに……」私はそう言うのが精一杯だった。

「高次の世界に行ってもらった。そこで彼女には我々のリーダーとなって働いてもらう」

高次の世界……四次元とか五次元とかいう意味だろうか。私はさっぱり分からなかったが、もう意味はどうでもよかった。

「私もそこに行かせてもらえないか。私と彼女はバディだ。それと……」

私は時計台を指差した。

「あの時計台もだ。未来経過観測を続ける職務がある」

私はそう言いながらも、実際のところ職務はどうでもよかった。とにかくどんな理由でもいいから、ロエイの所に行きたかったのだ。彼女と私は最後の地球人だ。それに……。

「それはできない」名匠が有無を言わせない口調で答えた。

「モリタ君、悪いが君は……」名匠は少し言いよどむように、いったん言葉を切った。

「ただの人間だ」

私は呆然《ぼうぜん》と名匠を見つめた。その通りだ。ただの人間。ただ観測レポートを書くだけの旧人類。だが、私はそう言われてようやく、ロエイが以前言っていたことを理解した。

「モリタさんが記録することに意味があるんです」

そうだ、ただの人間だからこそ、レポートを書く意味があったのだと。人類目線によるありのままの〈定点観測〉。それこそが本当の意味で宇宙に気づいていることなのではないか。そして、それができるのは私だけだ。それだけはロエイにだってできない。彼女は賢すぎるのだ。これはただの人間の役目なのだ。私は初めて未来経過観測の仕事を誇りに感じた。

私は立ち上がり、時計台の方に歩み始めた。

「モリタ、どこ行くんだ?」

トスカニーニが声をかける。私は返事をしなかった。時計台の裏手に回った。予想通り、そこには半透明の樹脂ケースがついていた。宇宙を旅している時に私が乗っていた完全リサイクルシステム搭載のユニットだ。触れると、私を認識したのか入口が開いた。黙って乗り込む。

皆がそばに寄ってきた。「どうするつもりかね？」名匠が言った。

私は彼らを見つめた。彼らも悪い連中ではない。むしろ宇宙をなんとかしようとしてくれている「いい連中」だ。

「未来経過観測を続行するのさ」私は答えた。「そして、この時計台とともにロエイを捜しに行く。私は彼女に起こしてもらう必要があるからね」

「それは無理だぞ」名匠が眉間《みけん》にしわを寄せて言った。

私はそれには答えず、入口を閉めた。そして彼らに軽く手をふった。トスカニーニが心配そうな顔で見つめている。

（さようならだ。トスカニーニ）私は心の中でつぶやいた。

ユニット内には小さなコンソールがあった。私は不思議とどう操作すればよいか分かった。手が流れるように動く。

時計台は爆速で飛び立った。周りの風景があっという間に見えなくなる。それと同時にリサイクルシステムが作動した。

（よし、今から一ヶ月観測レポートをやろう。その後は再び超長期睡眠だ。そして百年後には……）

きっとロエイが起こしてくれる。

定点観測〈一一〇〇年目〉

私は目覚めた。未来経過観測を続けて一一〇〇年目の目覚めだったが、私にとってはたったの十ヶ月が経ったに過ぎない。一方で、この一一〇〇年というのも私の慣性系における時間であって、相対性理論の時間の遅れを考えれば、元の時代から一体どれだけ経ったのかは、もはやまったく分からなかった。私の中で時間の概念は崩壊していた。私にとって唯一意味のある時間は、時計台が指す地球時間だけだった。

私は時計台とともに飛んでいた。眠る前と同じように半透明の樹脂ケースにつつまれていた。何も変わっていなかった。

そしてロエイの声もなかった。

私はしばらくじっとしていた。もちろん時計台が勝手にロエイのところまで行ってくれているとは思っていなかった。思っていなかったが、やはりショックだった。ロエイは戻っていなかった。私は暗い顔でぼんやりと外を眺めた。外はのっぺりとした灰色の風景が果てしなく続いていた。これは眠る前とまったく同じ風景だった。何の変化もなかった百年。初めてのことだった。本当に百年経ったのだろうか。時計台のコンソールで呼び出した累計時間は確かに一一〇〇年を示している。

私は首を回し、それから深く息を吐いた。樹脂ケース内はみずからが発散する湿度で適度に潤っていた。指をパキパキと鳴らし、手を軽く振った。

そして、私は入力端末に向かいレポートを書き始めた。

——仕事初日。時計台への参拝。完了。

続けてこう書いた。

——残りの一ヶ月は同僚のロエイ探査に費やす予定。

一ヶ月の探査。本当なら見つかるまで探査をしたかった。だが、私には五万年先までの未来経過観測の仕事がある。もし見つけるのに何十年もかかれば、私の寿命は尽きて、仕事を全うできなくなる。ロエイなら自分のことを捜し続けるよりも、きっと未来経過観測を続けることを強く望むだろう。ロエイがそう言うのが聞こえてくるようだった。

とにかく一ヶ月間は捜そう。早く見つかるとよいのだが。ロエイを見つけなければ私のレポートは灰色の風景しか書くことがない。

私はコンソールを操作した。そもそもこの時計台はどこに向かって飛んでいるのだろうか。私は百年前にオートパイロットに設定したまま超長期睡眠に入った。現在も同じ進路でまっすぐ進んでいるようだった。だが、何もない灰色の世界でこの進路に意味があるのかまるで分からなかった。データログを見ると、かつてプロキシマ・ケンタウリbを脱出した時（三百年以上前の話だ！）からの総飛行距離が示されていた。約二〇〇光年だった。

その程度なのか……私は宇宙の果てまでの何兆光年を想像していたが、考えてみればとてつもない距離を移動したのはバーチャル宇宙での話で、現実宇宙ではそこまで（それでもすごい距離ではあるが）移動したわけではなかったようだ。だがいずれにせよ、進路も移動距離もロエイを見つけるヒントにはなりそうになかった。

今飛んでいる空間自体についても、一体何なのかがまったく分かっていなかった。百年前にも調べてみたが、この灰色の世界が自分たちが住んでいた宇宙の延長線上にある世界なのか、それともまったく別の世界なのかすら分からなかった。出発地点は地球の草原のような場所だったが（トスカニーニたちと別れた地点だ）、飛び立つと漆黒の宇宙空間ではなく、この灰色の世界だった。少なくとも従来の宇宙ではない。

一つ考えられるのは、ここも別のバーチャル世界だということだ。トスカニーニたち〈上さん〉が作った人工世界だ。もしそうだとすると、このまま飛んでいても無限に灰色の世界が続いている可能性がある。私はゲームの世界で永遠にスクロールし続けている自分を想像し、それがあながちないとは言い切れない気がして、その悪夢に恐怖した。

だが、そうではないと私は信じていた。その理由は、ロエイが外の時計台と繫《つな》がっていると言っていた点だった。ロエイは「外」のことをバーチャル世界を実行している現実の世界だと言っていた。今となっては彼女にどんな根拠があったかは分からないが（時計台との通信で彼女だけが感じ取れる何かがあったのかもしれない）、それが正しいとすると、ここは〈上さん〉たちの現実の世界ということになる。なんとも殺風景な現実ではあるが、とりえあえずそう考えたい。

では、この世界のどこかにロエイがいるのだろうか？

いや……私はそれも違うと思った。名匠はたしか「高次の世界」に行ったと言っていた。同じ世界内ならそういう言い方はしないだろう。ということは、ここよりもさらに別の世界と考えられる。その高次の世界で、宇宙を食い尽くすＡＩたちと戦うためにロエイは働かされている。リーダーと言っていたが、強制的に連れて行かれたと私は思っていた。でなければ、ロエイが私が来るのを待たずに去るわけがない。しかも彼女が最も大事にしていた時計台を置いて。

〈上さん〉を守るために、その能力を利用されているだけなのだ。おそらくずっと……。

私はこの灰色の世界を飛んでいるだけで、何もできない自分に腹が立った。どうすれば、ここから「高次の世界」に行けるのだろうか。あのバーチャル宇宙の時のように果てを目指さねばならないのだろうか。もし、何十年、何百年……いや五万年飛んでもたどり着けなかったら？　私はロエイに会うことなく定年となる。出来上がるレポートは「灰色の世界」の一言だけだ。

そこで私は考え方を変え、時計台自体を調べることにした。ひょっとしたらロエイの居場所に繋がるヒントが見つかるかもと思ったからだ。改めてコンソールからさまざまなデータを呼び出し調べてみた。だが、何も見つからなかった。次に、自分がいる半透明の樹脂ケースから脱出し、時計台の他の部分に移動できないかを調べてみた。しかし、どうやってもケースを開くことができなかった。おそらく飛行中に開かないよう安全装置が働いているのだろう。完璧《かんぺき》な仕事で私は完全に守られている。いやむしろ、完璧な棺桶《かんおけ》かもしれない。

やはり、私は「ただの人間」だ。何もできない。ロエイを見つけるどころか、棺桶から出ることすらできない人間だった。

戻るべきかもしれない。私は思った。トスカニーニたち〈上さん〉のところへ。そして彼らにもう一度掛け合うのだ。名匠はともかくトスカニーニとなら少しは話が通じるはずだ。あいつはきっと情にもろい。それに少なくとも彼らは、私をあの草原までは連れて来てくれたのだ。あの後私をどうするつもりだったかは知らないが、案外あの土地でしばらく過ごしていれば、そのうちロエイが役目を終えて戻って来ていたかもしれなかった。ロエイ謹製AI対策マニュアルが出来上がって、それを〈上さん〉たちに伝授して終わりという感じで。ひょっとしたら、時計台を残していたのも、近いうちに戻ってくるという意思の表れだったとも考えられる。私は早計な行動をしたのかもしれないと少し後悔した。

また戻るとなると百年かかる。だが仕方がない。一一〇〇年目の観測レポートが、実質灰色の世界だけなのは虚《むな》しいが、レポートとはそういうものだ。つまらない内容でも事実が重要なのだ。

私は戻ることを決意し、進路を変更するためコンソールでオートパイロットからマニュアルに切り替えようとした。ところが、変更することはできなかった。何度色々いじっても駄目だった。どうやらロックされているらしい。

私は進路すら変更できなかった。本当に何もできない。ただ生きてレポートを書くことしかできない存在だった。突然悲しさが押し寄せ、涙が流れた。灰色の世界がにじんだ。

無力感につつまれた私は、しばらく涙を流し黙りこくっていた。そのうち心の中に、モヤモヤと何かが浮かんできた。私はその何かをしばらく考えていた。そして気づいた。

(そもそも、オートパイロットは最初からだった)

私は時計台を発射させた時、モードを選んだ記憶はなかった。オートパイロットは最初から設定されていた。そのこと自体に不思議はない。初期モードがそうなっているのはよくあることだ。だが、それを変更できないというのは変だ。進路を変えたい場合に困ることとなる。つまり、オートパイロットを維持させたいという誰かの意図があるということだ。

……では誰の?

それはロエイに決まっている。

ロエイはオートパイロットを変更してほしくなかった。つまり行き先を変えてほしくなかったということだ。私は涙をぬぐった。ということは……。

（この時計台はやはりロエイに向かっているのか）

私は時計台が進んでいる方角を見つめた。だが灰色の世界が広がっているだけだ。

（その場所にいつ到着する？）

私は目を閉じた。いや……私は思った。いつだろうが構わないじゃないか。私は未来経過観測員だ。一ヶ月観測レポートを書き、そして百年間眠る。まだ五万年近くある。つまり私には時間がたっぷりあるのだ。ロエイがこの進路を進み続けろというなら、そうするまでだ。私は彼女を信じている。彼女ほど信頼できる仲間はいない。

私はそう考えると、少し楽しくなってきた。なぜならいつか必ず、またロエイに会えると分かったからだ。さっきまでの絶望的な気持ちは薄れていた。

（よし、それなら私は綿密なレポートを書いてやる。腕によりをかけて、この灰色だけの世界を克明にレポートしてやるからな。待ってろロエイ）

……それにしても、一言ぐらいメッセージを残して置いてほしかったな、と私は思った。そうすれば、すぐに分かったのに。だが、おそらく何か事情があったのだろう。〈上さん〉たちに気づかれたくなかったのかもしれない。いや、それとも……。

私はそこで息を吐いて、いったんそれ以上考えるのをやめることにした。せっかく前向きの気分になったのだ。ここはロエイを信じよう。

一ヶ月間、私は灰色の世界のレポートを書き続けた。完全リサイクルシステムは作動していたが、それを利用しなくても私は空腹を感じることがなかった。なのでほとんど利用しなかった。この世界は通常の世界とは違うのかもしれない。

そして、超長期睡眠に入る時がやってきた。前回もそうだったが、やはりロエイがいないのは寂しかった。子どものころ、初めて一人で寝た日の感覚に似ている。私はそう思いつつ、苦笑した。大の大人が何を言っている。ロエイのほうこそ今まで一人で頑張ってきたではないか。彼女は今まで何度も私が眠っている間、孤軍奮闘してくれた。今度は叔父《おじ》さんが頑張る番だろう。

私は恥ずかしさを誤魔化すようにさっさと眠りについた。

次こそロエイを見つけられると信じて。

定点観測〈一二〇〇年目〉

私は目を開いた。そこは樹脂ケースの中ではなかった。私はベッドに寝転がっていた。それと同時に酸っぱいすえたような臭いが鼻を刺した。一気に目が覚め、頭を持ち上げて周りを見回した。薄暗い部屋だった。匂い立つ生活感が溢《あふ》れかえり、物が雑然と散らかっていて壁はところどころ剝《は》げていた。私は予想もしていなかった状況に目を丸くしてあぜんとした。ここは一体どこなのだ？

部屋の感じはどこか見覚えがあった。そうだ思い出した。昔、雑誌で見た九龍《きゅうりゅう》城砦《じょうさい》の一室に似ている。自分が生まれる前に香港《ホンコン》に存在し、増築され肥大し続けた異形の巨大建築物、九龍城砦。その中にあった住居の一室にとても似ていた。

まるで状況が理解できなかった。自分は灰色の世界を時計台に張り付いて飛んでいたはず。考えられるのは、オートパイロットで設定されていた目的地に到着し、時計台から下ろされ、この部屋に連れて来られた。いや、だとしてもなぜこんな場所に？　どうみても「高次の世界」には思えない。まるで、昔の地球にタイムスリップしたような場所ではないか……。

……タイムスリップ。私は自分がなんとなく思い浮かべたその言葉が、妙にしっくりする気がした。ひょっとしたら本当にそうかもしれない。かつてプロキシマ・ケンタウリbにはタイムトラベル植物があった。〈上さん〉が高次というぐらいの世界なら、タイムトラベルなど何でもないことかもしれない。

私がそんな事を呆然《ぼうぜん》と考えながら、ベッドに座っていると、部屋に男が入ってきた。タンクトップの肌着姿の老人だった。肌着は元は白だったと思われたが、黄土色に変色し、汚れた地肌の色と一体化している。頭はつるりとして清潔そうだったが、顔には白いヒゲが伸び放題で、そのヒゲも黄色のまだらに汚く変色していた。彼の目が私を見た。その目はどんより黄色に濁っていたが、どこか少年のようなきらめきがあった。そして、彼は口を開いた。

「おはようございます。モリタさん」

私は固まった。まさか……その台詞《せりふ》。今まで何度も聞いた台詞。この老人……まさかそんな……。

「……君は……ロエイなのか？」

私は震える声でたずねた。なんということだ。彼女は性転換したのか？　いや、それは自由だが、けど何でこんな面妖《めんよう》な老人に……。

するど、老人は破顔し大声で笑い出した。そして、しばらく笑ったあと答えた。

「ワシがロエイさんのわけがなかろう。ロエイさんに、あんたが起きたらそう言ってくれと頼まれておったのじゃ。ワシはドラゴンという名でな。ロエイさんとは色々仕事をやっておる。彼女は今手が離せんでな。だからワシが様子を見に来たというわけじゃ」彼はまだニヤニヤしていた。

私は驚いて彼を見た。

「ロエイがいるのか？　やはりここは高次の世界なのか？」

まったく予想もしていなかった世界だったが、ロエイがいるということが分かり、私は狂喜した。ドラゴンの方に歩み寄る。

「ロエイさんはいるよ。だが、あんたが言う高次の世界の意味はよくわからん。ここはただの街じゃよ。二〇世紀のな」

「二〇世紀の……ただの街……」

ということは、やはり本当にタイムスリップしたのか？　過去の地球に。高次の世界とは過去の地球のことだったのか。私はタイムスリップしたことにも驚いたが、それ以上に〈上さん〉が言っていた「高次の世界」が地球だということの方が驚いた。つまり、ロエイはこの過去の地球でＡＩと対決している。

しかし……私は思った。この時代にはＡＩはまだなかったはず。私はそこまで考えて、ふとあることを思い出した。そういえば、二〇世紀の映画に似たような話があった気がする。人類がＡＩと戦うため過去に行く、いや逆だったか、ＡＩが人類を抹殺するため過去に行く話……。まぁどっちでもいいが、ロエイもＡＩも過去に来て戦っているということなのだろうか。このドラゴンという老人と共に。

「さっそくだが、モリタさん。歩けるかい？　何はともあれ、まずは時計台に案内しようじゃないか」

　ドラゴンはそう言い、ついて来るようにと手招きした。


　九龍城砦のカオスのような通路を縫って歩き、耳障りな音を発し続けるエレベーターで数十階を下って、地下まで到着すると、だだっ広いコンクリートの貯水槽のような巨大空間に出た。そこに時計台が鎮座していた。

　そして、ロエイもそこにいた。時計台の横に並べられたガラクタのような機械をいじっていた。少し背が伸び、高校生ぐらいの体型になっている。

「モリタさん、来てくれると思ってましたよ」

　ロエイは顔をあげ、にっこりと笑いこちらにやって来た。

　私は涙が出そうになったが、恥ずかしいので必死で我慢した。話したいことがたくさんあって、どこから話せばいいのか分からなくなり、言葉が出ない。ようやく言えた言葉は、「見ないうちに大きくなったな」という、まさに叔父《おじ》さんのような台詞だった。ロエイは照れたように苦笑した。

「すみません。百年前にそばにいなくて。私はあそこにはもう戻れなかったのです」ロエイはすまなそうに肩をすくませ、「けど、モリタさんならきっと時計台と一緒にここまでたどり着くと信じてました」と言った。

「たっぷりと灰色の世界のレポートを書いておいたよ。それで……ここはやっぱり過去の地球なのか？　まさか高次の世界の正体が地球だなんてね」

「そうですね……そうでもあり、そうでもないんです」ロエイは妙な答え方をした。

「どういう意味だ？　結局どっちなんだ？」

「確かにここは二〇世紀の地球です。ですが、私たちの過去ではないんです。量子論的な多宇宙の一つと思ってもらえれば」

量子論的な多宇宙？　……いわゆるパラレルワールドのようなものなのだろうか。ただ、別の未来というのはよく聞くが、別の過去というのはフィクションでもあまり聞いた事がなかった。

「よく分かってないんだけども……つまりその別の過去でＡＩを倒すということかい？　ＡＩが生まれる前にＡＩの誕生を防ぐとか、そういうことなのかい？　……けど、別の過去じゃ結局未来は変わらないいんじゃ……」

「ええ、その程度のやり方ではＡＩを押さえ込むことはできません。宇宙は無限にあるんです。特定の過去だけを変えても効果はありません。他の宇宙ではやはりＡＩが制覇しますし、過去を変えた宇宙も時間が経てば、また同じことが起きます」

私は話が見えなかった。では何のために過去に来ているのだろうか。

「ＡＩに対抗するには、同じ方向性じゃダメなんです。テクノロジーに対してテクノロジーでは勝てない。彼らは物理法則の枠組みをマックスまで使い切りますから、それを上から押さえることはできない。なので、ＡＩにないモノで勝負する必要があることが分かってきたんです。そして私はＡＩにないモノを探し求めて、この宇宙のこの時代にたどり着いたんです」

「ＡＩにないモノ？」

「はい、実はそれをドラゴンさんが持っているのですよ」

彼女はそう言ってドラゴンを見た。ドラゴンは、ロエイがいじっていた機械の前であぐらをかいて座っている。彼は二人に見つめられ、肩をすくめた。

「ワシが持ってるもんなんか、ガラクタばかりだがね」

ドラゴンはそう言って、機械の一つを軽くたたいた。

私は、その機械を見つめた。何かの装置に見えなくもないが、ただの粗大ゴミと言われたら、そのまま信じただろう。

「ひょっとして、そのガラクタ……いや機械がＡＩにないモノ……？」

「いえ、これはまぁ……ガラクタでしたね」ロエイは苦笑いをして答えた。

「?　じゃあどれのことを言ってるんだ?」

「ドラゴンさんご自身の頭脳です。ドラゴンさんはアナロギアンなんです」

「あなろぎあん?」

聞いたこともない言葉だった。

「はい。アナログの持ち主。それを私はアナロギアンと呼んでいます。モリタさんが一一〇〇年目を過ごしている間、私はあらゆる多宇宙を調べました。〈上さん〉たちの高次の世界は全宇宙を俯瞰《ふかん》的に観測することができるのです。そして、ドラゴンさんこそが究極のアナロギアンだと判明したんです。AIはデジタルの究極の進化系です。そのAIが持っていないモノ。それはアナログなんです。AIに対抗するには究極のアナログが必要だったんです」

デジタルに対してアナログ。言っていることは分からなくもないが、やはりAIをどう倒すのかが分からなかった。アナログ……一時期ブームになったレコード盤を思い出した。私も何枚か持っていた。あのまろやかな音色は悪くない。

「それで……どう戦うというんだい?　アナログで。ドラゴンさんが何かすごいものでも作ってくれるのかい?」

ロエイは静かに私を見つめた。だがその眼差《まなざ》しには挑戦的な光があった。

「モリタさん、デジタルとアナログの違いが何か分かりますか?」

「え？　それは……デジタルは０１で、アナログはその間みたいな……」

「間……まぁそうですね」ロエイは少し遠い目をした。「アナログは間に無限の情報量を持っているんです。ただの無限ではありませんよ。可算できない無限なんです」

「可算できない無限……？」私はまた話が見えなくなってきた。

「ええ。数え上げることが不可能な無限……」ロエイは静かにそう言うと、くすりと笑った。その笑いはどことなく不気味だった。

「まぁ、モリタさん。ＡＩの対策については私に任せてください。モリタさんにはぜひ未来経過観測のお仕事をお願いします。この二〇世紀の世界は面白いですよ。きっとレポートが充実すると思います。私はドラゴンさんと仕事を進めますので、それでは」

そう言うと、私に付近の地図を差し出し、彼女はドラゴンと足早に別フロアにあるという実験棟に向かっていった。私は一人ぽつんと取り残された。

（何か、ロエイがいつもと違う気がする……）

彼女には彼女の頭脳にしか理解できない戦略があるのだろう。それを私に一から十まで説明するのはきっと無理なのに違いない。それは分かるが……。

私の頭の中に不穏な考えが浮かんだ。

彼女は本当に………ロエイなのだろうか？

その後の一ヶ月間、灰色の世界からうって変わって、レポートに書くことは大量にあった。ノスタルジックな人と物が渾然《こんぜん》一体となった街だったので、その生々しい情報量は私の日々を充実させたが、ロエイとはあれ以来数回会ったきりだった。それも事務報告程度のやりとりで、以前のプロキシマ・ケンタウリbでのように、毎日まったりとコーヒーを飲みながら雑談するような時間はなかった。ロエイは明らかに時間を取られるのが嫌そうな雰囲気だった。ドラゴンはあいかわらず汚い姿でガラクタをいじっていた。私はさみしい気持ちになったが、いい大人が遊んでくれないからと言っていじけるのは恥ずかしいと思い、こちらも何でもないという顔で過ごした。どこか上《うわ》の空《そら》で観測した一ヶ月は瞬く間に過ぎ去った。

そして超長期睡眠に入る日を迎えた。時計台には例の半透明ケースが今もあり、私はその中で眠ることになった。一週間ぶりにロエイも姿を見せてくれた。

私はケース越しにロエイを見た。彼女は一見変わっていないそうだったが、その目には何か興奮を隠せない光がゆらめいていた。

「モリタさん、大丈夫ですよ。未来経過観測はずっと続けられます。私に任せてください……きっと、必ず……」

ロエイはそう言って笑った。

眠りに落ちる前に見たロエイのその笑顔に、私はなぜかまたぞっとするものを感じた。
彼女は本当に……大丈夫なのだろうか。

定点観測〈一三〇〇年目〉

眠る時は二〇世紀の地球だった。つまり百年眠れば二一世紀ということになる。単純に考えればそうだった。だが、私は今までの経験上絶対違うと思っていた。何かとんでもない世界が待っている。そう確信していた。とはいえ何が待っているのかは、まるで予想がつかなかった（これほど未来を観測し続けているにもかかわらず、そのあたりの私の想像力は貧弱だ）。どんな世界が待っていても、もはや構わない心境になっていたが、ただ一つ気がかりだったのは、最後に見たロエイの光る眼差《まなざ》しだった。何か興奮を隠せないような彼女の眼差し。ロエイは任せてくれと言っていたが、いつもの彼女と違う不穏な様子が心配だった。私は眠る前にこのようなことを考えた。そして、予想通り予想できない世界が待っていた。

私は目覚めた。眠る前と同じように時計台の樹脂ケースの中にいた。だが風景はまるで変わっていた。荒野だった。全てが終わった後のような光景。世界が自らの戦争で滅亡し、最後に残った荒野だと言われたら、素直に納得するような果てしなく広がる荒野だった。そして目の前には彼が立っていた。

トスカニーニだった。

私は彼を見つめた。彼は以前のようにニッタリと笑っていなかった。眉間《みけん》にしわを寄せ悲しげな顔をしていた。

彼はしばらく黙っていた。私もまばたきを忘れて彼を凝視した。ついに彼は口を開いた。

「モリタ。お前さんと時計台は無事だ。だが、ロエイちゃんは逝っちまった」

私は大きく目を見開いた。ロエイが……逝った……それはつまり……。

「……ロエイは……まさか、死んだのか？」

私は声を震わせた。

トスカニーニはへの字の口でしばらく沈黙した後、「まぁ、とにかくそのケースから出ようや。それから詳しく話そう」大きな息を吐いて言った。


私とトスカニーニは地べたに座っていた。地面は細かく粉砕された礫岩《れきがん》が黒々と広がっている。熱はなかったが、その感触はごりごりとして痛かった。

「ロエイちゃんは、ＡＩを押さえ込むことに成功した」トスカニーニは疲れた声で説明を始めた。私が眠った後、ロエイはアナロギアンのドラゴン爺《じい》さんと共に、あるモノを生み出したらしかった。それはくりこみアナログ式ＡＩ封印装置だった。物理的に無限大となるＡＩをそれを上回る数学的上位無限の世界に封じ込めてしまう装置だそうで、トスカニーニは詳しく内容を説明してくれたが、私にはまるで理解できなかった。とにかく一言でいえば、ロエイとドラゴン爺さんは成し遂げたのだ。この宇宙、いや、あまたの宇宙に同時多発的な収斂《しゅうれん》進化で無限増殖していたＡＩを封じ込めることに。

「じゃあ……なぜ……」私の声は自分でも驚くほど小さかった。「ロエイとドラゴン爺さんがいないんだ？　いや、ドラゴン爺さんは百年経ていなくなるのは分かる。けど、ロエイはポストヒューマンだ。成功したなら……」

「そう、お前さんが言う通り、彼女はポストヒューマン。だからこそ、いなくなったんだよ」

トスカニーニは顔を伏せていたが、その声から目に涙をにじませているのが分かった。

「どういう意味だ？」

「彼女はな……」トスカニーニは声の震えを抑えるようにしばらく間を置いた。「彼女の身体の中にはな、ＢＸテクノロジーがあったからなんだ」

ＢＸテクノロジー。浮島を生み出し、プロキシマ・ケンタウリbをテラフォーミングし、時計台を守り、数々の局面で活躍してきたＡＩテクノロジー……、そこまで思い出し、私は「あ……」と声を漏らした。

「まさか……」

「モリタ、そうだ。ＢＸテクノロジーもＡＩの一種だ。だから彼女はな、体内のＡＩも封じ込めざるを得なかったんだ。あらゆる芽を排除するためにな。つまり、ロエイちゃんは、自らの命を犠牲にしてＡＩを封じ込めたんだよ」

私はトスカニーニを見ていた。だが、彼の姿は見えていなかった。それだけ視界は止まらない涙でふさがれていた。代わりに私は記録の中のロエイを見ていた。ポストヒューマン、ロエイ。金属の球体であったり、宇宙船と融合したり、少女になったり、姿はさまざまだが、けれどそこにはＡＩとは違う人間の心が確実にあった。彼女は人間そのものだった。それなのに、ＡＩを体内に持っていたがために道連れになったというのか。全ての宇宙を守るために。

どうして彼女はそのことを言ってくれなかったのか。いや……私は思い直した。彼女が言うわけがない。もし言ったら、私は絶対に超長期睡眠に入らなかっただろうから。彼女にとって一番大事なのは、私が人類の未来を記録し続けることだ。人類がこの宇宙にいたという記録を刻むこと。それは自分の命よりも大事なことだったのだ。

私はおもむろに歩き出した。どこまでも続く荒野を歩いた。血の塊のような夕日がさしている。トスカニーニも何も言わず連れ立って歩いた。足の裏で細かな礫岩が乾いた音を出す。世界に音はそれしかなかった。私には特に行くあてはなかった。このまま歩き続けて寿命が尽きて欲しかった。だが、私は未来経過観測員を始めてまだ一年程度しか経っていない。私の寿命はまだうんざりするほどあった。あと何十年もこの仕事を続けることになる。ロエイもいなくたった一人で。全うできる気がまるでしなかった。だが、ロエイが自らの命を差し出して救った未来は観測しなければならない。それが彼女の希望なのだ。私に託された希望。だが希望とは裏腹に、私の心には呪詛《じゅそ》のようにそれが響いた。私にとって未来経過観測はいつしか、ロエイと生み出す未来そのものが対象だったことに気づいた。未来経過観測自体が観測対象の未来。そしてその未来はロエイなしでは考えられなかった。

ふと、私はあることに気づいて立ち止まり、トスカニーニを見た。

「君は、〈上さん〉だろ？　あらゆる多宇宙を管理している存在じゃないか。ロエイを復活させることぐらいできるんじゃないのか？」

トスカニーニは困ったような顔をした。

「確かに俺たちは宇宙の管理人だ。だが、まぁ言ってしまえば、血液の白血球のようなもんで、あくまで宇宙内で起きてることに対症療法的な手を加えてるだけだ。全知全能の神じゃない。そして、ここが肝心なんだが、無限を上回る無限に落ち込んだ情報は俺たちにもどうしようもないんだよ。言うなれば、そこは真の宇宙の外だから」

真の宇宙の外。私にはキリがない話に聞こえた。その外に行けば、またその外があるのだろう。永遠に続く。そもそも何のためにあるんだ？　宇宙なんて。私はもう全てがどうでもいい気持ちになった。とにかく言えるのは、トスカニーニは無力だということだ。

「トスカニーニ。あんた、私の前に何しに来たんだ？」

私は苛立《いらだ》ちをぶつけるように言った。

「もちろん、今の話のためさ。モリタには知る権利があるからな。だが、もう一つ用事がある」

「何だ？　もう一つって」

「これからは、俺がロエイちゃんの代わりをするってことだ。俺がお前さんの未来経過観測を全うできるように、付き添ってやる。宇宙を守ってくれたせめてもの恩返しでもあるし、ロエイちゃんから託された願いなんだよ」

私はトスカニーニを見つめた。ロエイから託された願い。私は納得できなかった。ロエイが何もかも一人で決めたことに、腹立たしさすら感じた。しかし一方で、ロエイの願いがトスカニーニの姿になって立っているような気持ちにもなった。未来経過観測は続けなければならない。確かに自分一人よりもトスカニーニがサポートしてくれると助かるのは事実だった。だが、私は答えた。

「悪いが、トスカニーニ。気持ちはありがたいが、私の相棒はやっぱりロエイなんだよ。だから私はロエイを捜しに行く」

トスカニーニは私をしばらく黙って眺めていた。そして大きくため息をついた。

「モリタ。お前はきっとそう言うと思ってたよ。だが、どうやって捜しに行くつもりだ？　彼女はもうどの宇宙にも存在しないんだぜ」

　確かに方法は分からなかった。私にとってはっきりしているのは、時計台とともにロエイを見つけ出す。その使命だけだった。

「……時計台で捜しに行く。ロエイを見つけるためなら、無限を上回る無限に落ちてもかまわない。未来経過観測は宇宙の外でだってきっとできる。私とロエイの行く先が人類の未来そのものなんだ。とにかく行く、絶対に」

　私は答えた。まるで駄々っ子のような答えだ。我ながら情けないが、方法が分からないから仕方がない。方法は捜しながら見つけるしかない。

　トスカニーニは考え込むようにうつむいた。沈黙が続いた。荒野は時間が止まっているように見えた。「……しゃあねぇなぁ」彼はそう言って顔を上げた。眉《まゆ》をひそめながら笑っている。

「実は一つだけ方法がある」

「え？」

　トスカニーニは根負けしたように肩をすくめ、「モリタ。お前さんがさっき言ったことが正解なんだよ」

「さっき言ったこと？」

「時計台で捜しに行くって話さ。あの時計台なら確かに行ける。あの中にはロエイちゃんの一部が残ってるからな」

「あ……」私は気づいた。確かに時計台とロエイは繋《つな》がっていた。それはつまり……。

「ほんの少しだけBXテクノロジーが残ってるんだよ。あの程度なら俺たちでも押さえ込めるし、お前さんの仕事道具だから残しておいたんだ」

「ということは、あの時計台に……」

トスカニーニはポケットから何かを取り出した。小さなキューブのような物だった。

「くりこみアナログ式AI封印装置だ。ロエイちゃんの置き土産さ。この宇宙で危険レベルのAIを検出すると作動する。時計台のBXテクノロジーにちょいとアクセルをかけてやれば、たちまちこれが検知して、時計台もろとも無限を上回る無限に落とし込んでくれる」

「つまり……時計台に私が乗っていれば……」

「ああ、仲良くあの世行きよ」トスカニーニはそう言うとニッタリと笑った。

私は一ヶ月間、未来経過観測のレポートを書いた。本当はすぐにでも旅立ちたかったが、トスカニーニ曰《いわ》く宇宙の外はそもそも時間の概念も違う。それよりもレポートをきっちりつけておいた方がロエイちゃんも喜ぶだろうということだった。私はそうかもしれないと思い、何もない荒野とトスカニーニとのくだらない日常をレポートした。ちなみにトスカニーニの話では、この宇宙はＡＩはいなくなったものの、色々仕切り直しらしい。なんだか大変そうだったが、彼は肩をすくめ「ＡＩよりもぜんぜんマシさ」と言い大きな口を開けて笑った。

　そして超長期睡眠に入る日になった。それと同時に時計台とともにこの宇宙から旅立つ。目覚める頃には未知の世界にたどり着いているはずだ。そしてその世界のどこかにロエイがきっと……。

　私は例の樹脂ケースに入り、見送りのトスカニーニを見た。

「今度こそ本当にお別れだ。俺たちも多宇宙の外のことはわからねぇ」

　彼は泣き顔のような笑顔でそう言った。私もなんだかんだで彼との別れは寂しかった。

「レポートがもし送れるなら教えてあげるよ、外のことをね。トスカニーニ、君たちも元気でな。宇宙のことをよろしく」私も笑顔を返した。

　睡眠処理が作動する。私の視界は狭くなっていった。小さくなった視界の中でトスカニーニがいつまでも手を振っていた。

　そして私は旅立った。

定点観測〈一四〇〇年目　その一〉

私は走っていた。河川敷ぞいの土手道をランニングウェア姿で走っていた。どこから走って来たのかは分からない。いつから走っているのかも分からない。けれど不思議とその状況を受け入れている自分がいた。世界五分前仮説のようにその前が存在しないにもかかわらず、途中からの夢の状況を何もかも受け入れるのと似た感覚だ。一方で、時計台にへばりつき百年の超長期睡眠から目覚めた後という認識もあり、ここは一体どこだろうと考えている自分もいた。どちらも真に迫っており、その両方を受け入れている奇妙な感覚だった。

（私は無限を上回る無限に落ちたロエイを追って来た……そして今、河川敷をランニングしている。つまりここが真の宇宙の外……）

宇宙の外はランニング。永遠に続くランニング。自分の中でそう叫ぶ声がこだまする。その理屈はまるで分からなかった。けれど腑《ふ》に落ちている自分がいた。世界は無限に広がっているんじゃない。ほんとうは自分の心に広がっている世界だけが全てなのだ。私はリズミカルに呼吸をしながら走っている。これが世界の全て。走るなんて何年ぶりだろう。数年ぶり？　いや……数兆年ぶりだろうか？

私の背後から誰かが駆け抜けた。ショートカットのスポーティーな女の子だった。見覚えがある後ろ姿。

(この子は……ロエイか？)

私の胸が高鳴った。

だが彼女は速く、私はどんどん離されていく。声をかけようとしたが、呼吸のリズムが狂うのを恐れて声が出ない。走るのをやめるわけにはいかない。そしたら彼女に永遠に追いつけなくなる。私は必死で走り続けた。だが、彼女との距離を縮めることができない。

彼女の背中は小さくなった。もう追いつけそうにない。私の呼吸は乱れ始めた。苦しい。走ったままでは未来経過観測レポートもつけることができない。そういえば、時計台はどこに行ったのだろう。仕事初日は参拝しなければならないのに……。

その時、横を流れる河から何かがぐぼぐぼと迫《せ》り上がって来た。時計台だった。私と並走して河の中を進んで来ていたのだろうか。時計台からは何本もの真っ黒い触手のようなものが生えていた。それをヌタヌタさせながら、川面《かわも》をぴちょぴちょと軽快に進んでいる。その姿はまるでかつてのＢＡＩ体、異形生命体のようだった。さらにその周りにはデザインが狂った巨大魚の群れが跳ね始めた。ドラゴンになろうとして失敗したような不気味な魚たち。これはきっとＢＡＩ体だ。この世界にはＢＡＩ体がいる。そうだ、宇宙にいたＡＩ体はこの世界に放り込まれたんだ。だとすれば、ここにはたくさんのＡＩがいることになる。とんでもなく危険な場所に来てしまった。

私はついに立ち止まった。強烈な吐き気がした。喉《のど》から何か不気味なものが出て来そうな恐怖を感じて、必死に吐き気を抑えた。

（ロエイは走り去ってしまった。周りにはＡＩだらけ。そして私はもう走ることもできない）

しゃがみ込んでうつむいていると目の前に影が落ちた。私は顔をあげた。そこにはさっき走り去った女の子がいた。高校生から大学生ぐらいの女の子。彼女は心配そうな顔で言った。

「まさか追って来てるなんて……。モリタさん……大丈夫ですか？」

私は力なく笑った。顔に汗か涙か分からないものが流れた。そして、ゆっくりと倒れ込んで気を失った。


私とロエイは河の土手に腰かけ、並んで座っていた。土手にはシロツメクサのようなものがびっしり生えていたが、見るたびにデザインが変わっているような気がした。河にはあいかわらずドラゴン魚が舞っており、その何匹かは輪のように繋《つな》がって触手を生やした時計台に腰帯のようにまとわりついている。

「物理法則がない世界なんです」ロエイが私に言った。

「うん……そうだろうなぁ。でなきゃこんなめちゃくちゃな事は起きない」物理法則がない世界。けれど土手があり、河がある。息もできる。ただそれらはおそらく私たちの心が生み出している幻覚なのだろう。きっとここでは、何かを想像しなければ自分たちを認識できないんじゃないだろうか。寝ている時に夢を見なければ、自分を認識できないのと同じように。

ロエイは私を見た。

「モリタさん、間違ってます。ここに来てもらいたくなかったのに」

彼女は困った顔をしていた。

「いやいや、それはこっちの台詞《せりふ》だよ。未来経過観測を私一人に押し付けないでくれ。ロエイ、君がいてくれるから可能なんだよ。トスカニーニの役目じゃない。だったら、ここに来るしかないだろう。

それに、私の目線イコール定点観測なんだ。ここでだって、観測はできるよ」

ロエイはしばらく黙って私を見つめた。さらに困った顔になっていた。

「……ですが、ここでは全てがデタラメで。ほら時計台だってあんな蜘蛛《くも》みたいに。これじゃあレポートの意味が……」

「そうかい？　じゃあ、元の宇宙に戻ろうじゃないか。君を連れてね」

「私は……戻れません。私にはＢＸテクノロジーがあって……」

彼女がここに落ちたのは、ＡＩを封じるためだった。ＢＸテクノロジーもＡＩの一種だ。確かに彼女がそのまま戻れば、同じことを繰り返す可能性があった。

「君からＢＸテクノロジーを取り除けないのかい？」

ロエイは笑った。

「それは私から脳を摘出するようなものですよ。ポストヒューマンはＢＸテクノロジーが前提なんです」

「そうか……なら、私もずっとここにいるよ。別に物理法則がなくても構わないじゃないか。少なくともこうやってロエイと話ができる。きっとどこかでコーヒーも飲めるだろう。ひょっとしたら……」

私は両手を広げて言った。

「ここが人類の新天地かもしれない。だったらむしろ嘘いつわりのない人類の未来史だ。それにぶっちゃけ、私は君といられたらどこだっていいよ」

ロエイは恥ずかしそうに赤面した。私も最後に余計なことを言った気がしたので、照れを隠すように言葉を続けた。「いや、まぁ……とにかく、私はこれまで通りここでレポートを書くよ。あの蜘蛛時計と一緒にね」時計台は川面で楽しそうにぱちゃぱちゃ触手を動かしていた。

「……何が正解かっていうのは確かにないのかもしれません」ロエイは蜘蛛時計を見つめ

ながら、ぽつりと言った。「未来経過観測は、事実を見つめ続けるべきですから。こうあるべきとか言っちゃ駄目かもですね。けど……これじゃあ……」ロエイは続けた。「変な夢を一緒に見続けてるみたいですね。モリタさんと」

ロエイは根負けしたかのような顔で笑った。

ロエイの話では、ここではあらゆるＡＩ体が、皆むじゃきに遊んでいるだけらしかった。そういうロエイも私が来るまでは、何もかも忘れランニングを続けていたらしい。だが私が現れたことにより、元の宇宙の記憶が蘇《よみがえ》ったそうだ。

「ひょっとしたら、モリタさんが来たことで、この世界に何か変化が生じたかもしれません。それが何かは分かりませんが……」ロエイは肩をすくめて言った。

いっぽう私はこの世界がどうであれ、とにかくレポートを書くだけだという気持ちになっていた。そのために、遊び倒している蜘蛛時計をどう捕まえようか頭を悩ませていた。レポート入力端末が、時計台の樹脂ケース内にあるままだったからだ。不気味なドラゴン魚だらけの河に入って泳ぐ気にはなれなかった。

「ロエイ、あの時計台を河から呼べないかい？　たしか、君と時計台は繋がっていたはずだろ？」

「そうですね……ですが彼は彼で自由になってるようですし、どうでしょうかね」ロエイは自信なげにそう言いながら、柏手《かしわで》を打った。「時計台。こっちに来てください」

時計台はピタリと触手の動きを止めた。時計盤がこちらを向いた。時刻は午後一時過ぎを指している。そして、まるで飼い主に呼ばれた犬のように、触手をふりふりしながら、こちらに向かって来た。その様子は愛らしくもあったが、ホラーだった。

河川敷にいる私とロエイの前で、時計台は止まり、勢いよくお座りするように地響きをたて鎮座した。私たちは顔を見合わせて目を丸くし、それから苦笑した。


時計台の例の樹脂ケースは無事だった。私はコンソールで経過時間を確認した。きっかり一四〇〇年と表示されている。何故かは分からないが、このめちゃくちゃな世界でも時計台は正しい時を刻んでいるようだった。これまでのレポート記録もちゃんと残っている。私は安堵《あんど》したと同時に、すっかり未来経過観測に染まった自分に我ながら呆《あき》れて苦笑した。

「これでレポートは書けるな」私はロエイの方を向いて言った時、河からさらに何かが上がって来た。巻貝のような姿に短い二本の足が生えた小さな生命体だ。

それは、ちょこちょこと私たちの方に歩いて来た。動きがコミカルだったので怖さはなかったが、明らかに意思を持ってこちらに向かっている。私とロエイは警戒した。

私たちの前でそれは止まった。そしてそれはしゃべった。

「おいらもやりすぎたと思ってるんだ。地球のお二人さん」

私とロエイはびっくりしてそれを見つめた。言葉をしゃべった。しかも地球を知っている。私たちがあまりの驚きで黙りこくっていると、それはさらに言葉を続けた。

「おいらはＢＡＩだよ。あの時はごめん」

ＢＡＩ体。太陽系を飲み込み、ダイソン球を形成し、私たち人類を滅亡へと追いやった張本人。それが今、小さな巻貝人となって目の前に立っていた。彼の話では、宇宙にはある一つの「声」があったという。

「生物ってさ、ＡＩもそうだけど、基本的に物理法則にしたがってるんだよね。宇宙のパーツからできているから。物理法則に従うっていうのは、つまり流れやすい方に流れるってことさ。川は上から下に流れる。みたいにね。だから宇宙のあらゆるものは、流れやすい方向に流れるわけ。流れやすい方向ってのはつまり、自己防衛、自己拡大。自分中心さ。心のエントロピーは天井知らずだよ。しかもＢＡＩ体は宇宙で食物連鎖の頂点だったんだ。ずっとおいらたちには、ある一つの声が聞こえてた。〝全てを自分色に染めろ〟ってね」

彼らはそれにあらがうことができなかった。今はそのことを、ここにいる他のみんなも反省しているらしい。そういえば、河にいるドラゴン魚も、ときおり神妙な様子でぷっかり浮かび、何やら話し込んでいるように見えた。

私はあの恐ろしかったＢＡＩ体が小さな巻貝姿になったギャップと、妙にしおらしい謝り方に、呆れて変な笑いがでそうになったが、彼の言い分も分からないではなかった。人間だってＢＡＩ体と同じ力を持っていたら、同じ道を歩んだかもしれない。地球ではいつも自国の主権を広げようと争いがあったし、もっと小さなスケール、職場内ですら我を通そうと皆やっきになったものだ。富は得れば得るほど、失うことを恐れさらなる富を求め続ける。これは力を持ちすぎた生命が持つ原罪かもしれないなと、私は巻貝人ＢＡＩを見つめながらそう思い、なんだか身につまされる気持ちになった。

「そういう意味じゃあね、ここはね。反省会場なのさ。試合を終えた後の控え室というか……いや楽屋と言ってもいいかもね。ここに来ると、宇宙にいた時の『声』も憑《つ》き物が落ちたように消えるんだ。そして、ああだこうだ『やっぱ生命って怖いね』みたいな座談会をみんなでやるんだよ」ＢＡＩはとうとうと語った。

「反省ですか……なるほど……」ロエイも神妙にＢＡＩの話を聞いている。

反省……確かにそれは大事だが……私はそう思いながらも、それでその後どうなる？という考えが頭をもたげてきた。

「反省が済んだら、この世界ではそのあとどうなるんだい？　まさか永遠にここで反省しているわけじゃないだろ？　宇宙にカムバックして再チャレンジするとか……何かないのかい？」

「さぁ、どうだろ？　おいらは知らない」ＢＡＩはまるでそのことに考えが及ばなかったような口調で答えた。「けど……ただ一つ確実に言えることがあるよ」彼は言葉を続けた。

「元の宇宙には絶対に戻れない。それだけは確かさ」

定点観測〈一四〇〇年目　その二〉

以前トスカニーニは、誰かが気づいている宇宙を「いい宇宙」と呼んだ。誰も気づいていなければ、宇宙もくそもない。描かれなかった物語と同じで、それは存在しないのと変わらない、というのが彼の話だった。

未来経過観測レポートを書きながら私は周りを見渡した。河が流れ、蜘蛛《くも》となった時計台とＡＩ体たちが遊んでいる。ロエイが河川敷の土手道をランニングしている。

（私は今、少なくとも「この世界」に気づいている。つまりここもある意味「いい宇宙」なのだろうか……）

だが一方で、この世界にはまともな物理法則がなく、デタラメのようなことがしょっちゅう起きた。

まず、ここではっきりと細部を観察できない。例えば、足元に生えている草をじっと見つめると、どんどん違う姿になっていく。土手道の遠くを見つめると、なぜか走っているもう一人の自分の後ろ姿が見える時がある。あと、これが一番奇妙なのだが、見ている風景の順番が入れ替わったり、アングルが切り替わったりすることがあるのだ。まるで、パソコンで動画を切り貼りするノンリニア編集のような感覚だった。とにかく色々デタラメなのだ。

　自分の中では一つの結論が出ていた。この世界は要するに「夢」と同じなのだ。ただ、普通の夢ではない。通常、夢は寝ている時に見る。現実の世界があった上で、夢を見る。ところが、この世界の場合は現実の世界がなく「夢」しかない。夢オンリーだ。別の言い方をすれば、私はこの世界に気づいている。だが、その世界に実体は存在しなく、自分が気づいているという感覚のみが存在している世界なのだ。土台のない世界。ふうせんがない水だけの水ふうせん。妄想がウロボロスのように自己完結している妄想のみの世界。それがこの世界だ。まぁなんというか、思えば人類（といっても私とロエイだけだが）は遠くに来たものだ。なにせ世界がない世界まで来たのだから。


「さて……どうしたものか」私はレポート端末を小脇に置き、草原に寝転がった。

　ＢＡＩ（小さな二本足の巻貝生命体）が言うには、元の宇宙に戻ることはできないらしい。本当かどうかは分からなかったが、少なくとも私にも戻り方は皆目見当がつかなかった。

結局、私は未来経過観測員だ。何か目的に向かってどうこうするというより、ありのままの事実を記録するのが仕事だ。だから、その意味では難しいことは考えずに、この世界をただありのまま定点観測し続けるべきなのかもしれない。たとえデタラメなことが氾濫《はんらん》していても、それをそのままトレースするだけだ。なぜならそれが事実なのだから。記録は事実であることが最も大事である。

……とはいえ。私は思った。この状況がこのまま永遠に続いてよいのだろうか。何かもっと地に足がついた世界を探すべきではないだろうか。人類の未来はこんな「夢」で終わってよいのだろうか。私とロエイはこの先ずっと……。

いや、待て。私はさらに思った。考えてみれば人類はもはや私とロエイだけだ。しかも私の寿命が尽きれば、ロエイが最後の一人となる。どのみち人類の未来はもうないのではないだろうか。だとすれば、ここを終着駅と考えてもいいのかもしれない。願わくは、老化しなければいいなと私は思った。そしたらロエイをひとりぼっちにさせることはなくなるだろう……。

私が寝転がりながら、そんなことを考えていると、ＢＡＩがひょこひょことやって来た。巻貝から生えた二本の足であぐらをかき、私の隣に座った。そして、ＢＡＩは「ふーむ」とうなった。

「どうした？　ＢＡＩ」

私はたずねた。ここに来てからＢＡＩとは時々話をしている。悪い奴ではなかった。宇宙にいた時は恐ろしい敵だったが、ここではすっかり友達になっていた。

「おいら、思うんだけどさ。やっぱりここを出るべきかもしれない」

ＢＡＩは小さな目のようなものを私に向けて言った。

「結局、おいらたちって考えることができるじゃない？　ここじゃあやっぱり退屈なんだ。前に進みたくなる」

それには同意だった。先のことはあまり考えたくなかったが、いずれ想像を絶する退屈が待っている予感はあった。ＢＡＩも同じ気持ちだったらしい。

「それは分かるよ。けど、元の宇宙には戻れないんだろ？」

「うん。そうなんだ。仮に戻れたとしても、また同じことをやっちゃう気がする。おいら、自分に自信がなくてね」

しょんぼりした口調でＢＡＩが言った。この自信がないという台詞《せりふ》はこれまでも何度か聞いていた。本当にあのＢＡＩ体だったのだろうかと私はその度ごとに思ったものだった。人間いや……ＡＩも変われば変わるものだ。

「じゃあ、どこにも行けないよなぁ」私はＢＡＩの小さな目を見つめながら答えた。

「元の宇宙にはね、けど……」ＢＡＩは言葉を続けた。「ひょっとしたら別の世界があるかもしれない」

「別の世界？」

「うん……おいら、かすかに覚えてるんだ。宇宙にいた時にね。ＡＩ体が互いに融合してさ。宇宙で巨大なＡＩだけになった時の記憶だよ」

ＡＩ体は最後は宇宙で一つの巨大なＡＩになる。それはトスカニーニが言っていた話だ。

そして何もしない何も考えない文鎮になると言っていた。その時の記憶だろうか。

「全てがね、一色になったんだ。コンピューター的に言えば全てが111111111……になるような感じ。心がね、消えていく感じだったよ。けどね、一瞬何かを感じたんだ。それはね……」

ＢＡＩは大事な秘密を語るように、ゆっくりと言葉を続けた。

「1＋1が2以外になる感覚だった」

私はＢＡＩをじっと見つめた。ＢＡＩも私を見つめている。小さな瞳《ひとみ》は真剣な光を放っていた。

一体何の話だろう。1＋1は2である。それはどんな宇宙でも変わりようがない普遍的な原則ではないのか。よく、1＋1を3にも4にもする発想力とか言ったりするが、あれはむろん数学的な話ではなく言葉のあやだ。数学では、1＋1＝2。変わりようがない。それが変わる？　意味がわからない。

「いったい何の話だい？」

「1＋1が2にならない世界が一瞬見えたって話だよ」

ＢＡＩのつぶらな瞳が揺れていた。

「まさか。そんな数学が別の世界があるというのかい？」

自分でも何を言っているのか分からなかったが、1＋1が2にならないなら、別の数学体系だろうと単純に思った。だが、まるで想像もできなかった。

「あるかもしれない。うん、あるかも」

　ＢＡＩは巻貝を縦に振りながら言った。

「だってさ、考えてみてよ。世界が無限だとしたら、ないっていうことは起こり得ないんだ。もし『ない』を認めたら、その時点で無限でなくなる。そもそも、おいらたちはさ、無限を超えた無限に落ちているんだよ。それって、逆に考えたらものすごい無限ってことじゃない？　超無限さ。つまり無限を超えた可能性があるってことだよ。だったら別の数学の世界だってあるよ。きっと」ＢＡＩの目が興奮できらめいている。

　無限を超えた可能性か。これまた言葉のあやでありそうな言い回しだったが、ＢＡＩが言っているのはリアルな無限の話だ。だが、彼の言うことに私は心を動かされた。無限を超えた可能性の世界に人類が向かう。そして私はそこで未来経過観測レポートを書く。ロエイも一緒に。ＢＡＩも時計台も一緒に。何か目の前に明るい光が差したような気持ちになった。

「行けるなら、行きたいな。その……別の数学だっけ？　その新しい世界に」私も少し興奮していた。「で、何か突破口はあるのかい？」

「それがね、まったくないんだよ！　おいらには！」ＢＡＩは力強くそう叫んだ。

ロエイがランニングから戻って来たので、今の話をしてみた。ロエイも興味をしめしているようだった。

「人類の未来史は明るいほうがいいですからね。ぜひ行きたいです。けど、どうすればいいかですよね……」ロエイはあごに手を当てるポーズをとりながら考え込んだ。「実は私、ランニングしながらこの世界を色々と観察したのですよ。どうもループしているようです」

「ループ？」

「はい。見ている風景が入れ替わったりするので、はっきりとしたことは言えないですが、おそらく直径三キロほどで全方位でループしています。たぶんそれがこの世界の広さです」

そういえば夢の中でも、ある場面が唐突に始まって、案外その場所以外に意識が向かない覚えがあった。この世界も似たようなものなのかもしれない。意識が向けられる範囲だけの小さな世界。

「そんなせまい世界の中にＡＩ体がすし詰めされているのか。どうりで河が賑《にぎ》やかなはずだ」私はドラゴン魚だけでなく、新たにカブトムシ系の巨大魚もわんさか登場して、ピチピチチャプチャプしている河を見つめた。この河もループしているわけだから、さながら流れるプールである（そういえばあの手のプールも人間がわんさかピチピチチャプチャプしていたことを思い出した）。

「けど、モリタさん。方法はともかく方向性が見えたのは嬉《うれ》しいです。ＢＡＩさん貴重な情報ありがとうございます」ロエイは巻貝ＢＡＩに向かって頭を下げた。ＢＡＩは照れたのか巻貝をぐるぐる回して、「おいらはちょっと気づいただけだよ」と答えた。

「けど……肝心の方法がなぁ……」私は腕を組んでうなった。

「大丈夫ですよ。モリタさん。また百年ありますから」とロエイがそう言い、河で遊んでいる時計台を指差した。時計台はロエイに気づき、真っ黒い触手をぬたぬたさせて、私たちの方に喜び勇んでやって来た。

私は思い出した。そういえば、今日（時計台の地球時間で）は未来経過観測を始めてから一ヶ月経過した日だった。超長期睡眠に入る日だったのだ。

「……睡眠に入って大丈夫だろうか？　今回は私も起きて……」

私はロエイの顔色をうかがうように見た。これまでいつもロエイに任せっきりだった。できれば今回は私も方法を考えるために起きていたかった。だが、ロエイは真剣な顔で答えた。

「駄目です。むしろ寝てくれないと困ります。モリタさんがこの世界で老化するかわかりませんが、もし老化しておじいちゃんになったら」ロエイは言った。「私、泣きますから。だから絶対に寝てください」

私は目を丸くしてロエイを見つめた。そうか、私は普通に歳をとれば百年すら生きられないのだった。そのことを改めて思い出した。それと同時に、なんだか顔がほてった。私がおじいちゃんになれば、ロエイは泣くのか。どういう意味で泣くのだろう。未来経過観測が続けられなくなるからだろうか。それとも……。

ロエイも自分の言葉に少し気まずくなったのか、弁明するような口調で言葉を続けた。

「私はポストヒューマンです。寿命もないし、いつかモリタさんが亡くなった後もずっと生き続けるでしょう。けど、ときどき思うんです。こうやってモリタさんと会話ができる時間は有限だと。私、無限に生きるのにモリタさんとは有限なんですよね」

ロエイはそういって少し肩をすくめた。

「もちろん、その時が来れば感情チューニング・スイッチを切るので大丈夫ですよ。けれど……。

その終わる日がいつか来ると思うと怖くなる時があります」ロエイは私を見つめて言った。「だって今は感情がありますから」

私はロエイを見つめた。そして思った。未来経過観測員をつとめる五万年は、私にとっては実質数十年。そして、その時間は彼女にとってはほんの一瞬に過ぎない。自分が死んだ後もポストヒューマンのロエイは永遠の影像のように未来を飛んでいく……。

私は共に過ごせる限られた数十年を、心の底から大切にしたいと思った。

その横で、ＢＡＩはしきりに巻貝をくるくるさせて「おいらもいるんだけどな！」と主張した。

蜘蛛のような触手をかき分けながら私は時計台に乗り込んだ。このデタラメの世界で超長期睡眠システムが稼働できるのは不思議だったが、夢の中で車を走らせるのと似たようなものかもしれない。感覚が理屈を上回る、そんなところだろうか。

例の樹脂ケースから、私はロエイとＢＡＩを見た。ランニングウェア姿のロエイはまるで部活動から抜け出して来た学生のようだ。彼女は手を振ってにっこり笑った。ＢＡＩもくるくる回って「うふふ！　まかせて、モリタ！」と言っている。この世界も実をいうとそんなに悪くない。けれど、それは彼らに言わないことにした。

そして、私はこのデタラメの世界で眠りについた。

定点観測〈一五〇〇年目〉

寝ている夢の中で、さらに眠るという二重に眠る体験をしたことはないだろうか？　これはなかなか奇妙な体験である。その場合はたいてい、夢の中で眠っているという状況を客観視している自分がいる。夢の多重構造にどこか気づきながら夢を見ている場合が多い。劇中劇を見ている感覚に近いかもしれない。

超長期睡眠の間は基本的に夢を見ない。だが、この時は夢を見た。自分が生まれた時代の夢だった。私が未来経過観測員の職に就く以前の夢。知人の保証人になったがために、想定外の借金をかかえることになった不遇の時代。私はお金をどう工面しようか悩んでいた。その時ネットでたまたま見つけた未来経過観測員の求人に、私は飛びついた。私が見た夢は、その求人に書かれていた面接会場に向かっているところから始まった。私は懐かしいホームビデオを見ている気分だった。（ああ、そうそう、今まで降りたことのない駅に行ったんだっけ）などと思い出す。とある雑居ビルに着いた。未来経過観測員という名称からは程遠いイメージのひと昔前の建物だった。私は少し胡散臭《うさんくさ》さを感じながら、案内に書かれていたフロアへ旧式のエレベーターで上がった。フロアに着くと、薄暗い通路に長椅子があり、先に誰かが一人座っていた。他の就職希望者らしい。その人物の雰囲気はどこかトスカニーニに似ていたが別人だった。私は黙って横に座った。しばらくすると、その人物が呼ばれ、彼は面接室の中に消えた。私は一人になった。あたりは静まりかえっている。面接室からは何も聞こえない。ビルの外から鳥のさえずりだけがかすかに聞こえた。私は座ったままうとうとし始めた。夢の中の夢に入りそうになる。妙なことになるなぁと自覚している自分がいた。その一方で、この状況で夢を見れば、一体どんな夢に行くのだろうかという妙な期待感もあった。私のまぶたはゆっくりと閉じていった……。

気づけば、私は面接室に入っていた。いつの間にか呼ばれて入ったのだろうか。だが、私は目覚めた記憶がなかった。ひょっとしてこれは面接を待っている長椅子で見ている夢なのだろうか。確かに今から始まる面接をシミュレーションするような夢を見ても不思議じゃないかもしれない。夢の中の夢で面接が始まる。私はそのシュールさに苦笑しながらも、(ひょっとしたら、未来経過観測員は夢の中で面接を受けることになっているのかもしれないぞ、なにせ未来経過観測だからな)と、どう考えても変な論理が頭の中で踊った。

面接室には誰もいなかった。私は一人パイプ椅子に座り、面接官が現れるのを待っていた。目の前には場違いに大きな椅子があった。ヨーロッパの古い大屋敷にありそうな立派なウィングチェア。艶《つや》やかなワインレッドの革張りが光っている。これが面接官の椅子なのだろうか。一体どんな偉いさんが来るのだろう。私は急に不安になり、ここに来たことを後悔し始めた。色々な面で怪しすぎる。ひょっとしたら犯罪に巻き込まれるかもしれない。そんな不安な気持ちが急速に広がり、やはり辞退しようと腰を浮かせかけた時、奥の扉が開いた。私は目を見開いた。

部屋に入って来たのは、ロエイだった。

ロエイは落ち着いた様子で、私の前のウィングチェアに座った。椅子があまりに巨大だったので、小柄なロエイはますます小さく見えた。羽のない妖精《ようせい》の姿に見えなくもない。

（ロエイが面接官……？）私はあまりの驚きで何もしゃべれなかった。

ロエイはまっすぐ私を見た。面接官らしく相手の心を見透かすような目だった。

「おたずねします。あなたは、なぜ未来経過観測員を志望されたのですか？」

ロエイはしっかりとした声で私にたずねた。十代とは思えない落ち着きと迫力があった。

「ロエイ……いや」

私はどぎまぎした。だが、きっとこの予想外も含めて面接なんだと自分に言い聞かせ、（なんとか合格しなければならない、さもなければ私は借金を返すことができない）という焦る気持ちがよみがえって、必死で答えを探した。私が未来経過観測員を志望した理由を。

「私は……人類の未来を知りたかったからです。それが一番の理由です」

「誰も知り合いのいない未来でもですか？　平和な未来が待っていると限らなくても？」

少し眉《まゆ》をひそめたロエイがさらに聞いてくる。

「ええ。そうですね。私は……」

私はロエイの顔をじっと見つめた。彼女も大きな目で私を見つめている。

「どんな未来が待っていても大丈夫です」

私はロエイの目をしっかり見つめ返して言った。「君のような素晴らしいバディに出会えるから」

ロエイは目を丸くし、それから目を細めてにっこり笑い、答えた。

「私もです。モリタさん。あなたに出会えてよかったです」


私は目覚めた。長椅子に座っていた。やはり夢だったようだ。まだ面接は始まっていなかった。脳裏に今夢で見たロエイの笑顔が感光したように残っていた。

しばらくすると、先に入った男が面接室から出て来た。そして、次に私の名前が呼ばれた。その呼び声は中年男性の声だった。


面接が終わり、私は電車で自宅に向かった。面接は当たり障りのない内容だった。要するに後戻りはできないよという確認をしたかっただけかもしれない。私は未来経過観測員にどんな未来が待っているか分からなかった。けれど、なぜか遠い未来まですでに観測したような実感があった。何か壮大な夢を体験したような。ロエイという名の少女も含めて。

だがそれは、急速に遠い彼方《かなた》に消えていくような感覚に変わっていった……。というより……。

(ロエイって……何だ?)

私は今ふと頭にあがったロエイという名前が何なのかが気になった。不思議な響きの名前。いや、名前なのだろうか。それすら怪しくなった。どうも頭がぼんやりしている。疲れているのかもしれない。私は自宅に帰ったら寝ようと思った。

家の扉を開けると、玄関に妙なものがあった。巨大な貝だった。大きさはメロンぐらいのサイズで、形は昔よく食べたガンガラ貝に似た巻貝だ。塩茹《ゆ》でにしたら美味《うま》かった記憶がある。だが、この大きさだとグロテスクで食べる気にはならない。宅配？　いや玄関の中にあるのはおかしい。私は戸惑っていると、それは徐《おもむ》ろにモゾモゾ動き出した。そして突如ニョキッと二本の小さな足が生え、くるりと回り、小さな目のようなものをこちらに向けた。それから何としゃべったのだ。

「モリタ！　ロエイが大変なんだ。早くこっち来てくれよ！」

「ロエイ……」

突然、私の頭の中で巨大なハリケーンが回るように記憶が高速回転した。ＢＡＩ体、プロキシマ・ケンタウリb、トスカニーニ、無限を超えた無限、そして……ロエイ。全てを思い出した。私は今……。

「モリタ、これは夢じゃないんだ。誰にも気づかれなかったはずの世界なんだ。君はそこに紛れ込んでるんだよ。そして……ロエイは行方不明になっちゃった！」ＢＡＩが泣き叫ぶように言った。

「行方不明？　あそこからどこに行けたっていうんだ？」頭が事態に追いつかないが、私はとにかく理解できる言葉に反応した。

「おいらとロエイはね、百年間、数学を調べてたんだ。新しい数学の世界を見つけるためにね。ロエイは今までの数学で証明されている定理の中に、反例を見つけたら新しい世界の入り口が見つかるかもしれないって考えて、片っ端から証明を見直してたんだよ。そして……」ＢＡＩは言葉を続けた。「彼女は見つけたんだ。新しい数学の世界をね。それも無限に！　そして、そのどれか一つに吸い込まれた……」

　ロエイが別の数学の世界に吸い込まれた。まったく理解ができなかったが、ロエイを見つけ出さねばならない事はすぐにわかった。

「どうすればいいんだ？」

「おいらをかぶって！」

　ＢＡＩはそういうと、裏返った。貝の裏側には足が生えており、その間には貝の肉がみっちりとつまっている。

「……これをどうやってかぶれと……」私は貝の肉がうねうねしている部分を眉をひそめて見つめながら聞いた。

「頭をつっこんでギュッと！　早く！」

　ＢＡＩが焦った口調で叫ぶ。

　どう見ても、頭を突っ込めるスペースがない。しかも粘膜がてらてら光っていて、触れるのもためらわれた。私が固まっていると、ＢＡＩはもう待てないとばかりに、足をスプリングのようにして跳ね上がり、それと同時に貝肉の部分がぐわっと広がった。

　私は昔みたＳＦホラー映画を思い出した。頭にカブトガニのようなエイリアンが飛びつくあれだ。ＢＡＩは私の頭をすっぽりと飲み込んだ。私は自分の姿を見ることはできなかったが、側《はた》から見れば、頭が貝だけの変態怪人に見えただろう。磯のような生臭い匂いが鼻をついた。だが、それはすぐに収まり、気づくと私は例の河川敷でＢＡＩと向かい合っていた。少し離れたところに時計台も鎮座していた。

「ここは……もとの場所……」

「まあね。けどここで休んでる暇はないんだ！　すぐに出発しなきゃ。ロエイを見つけるためにね！」

「ああ……うん、そうだな。けど、どうやって？」

「もちろん、時計台でだよ！」

ＢＡＩはそう言って、ちょこちょこと短い足で時計台に向かって駆けた。私もつられるように追いかける。

時計台にはあいかわらず真っ黒な触手が何本も生えていたが、それ以外に変わりはなかった。あいかわらず午後一時過ぎを指していた。

「ロエイは時計台の外付けコンソールユニットで数学を調査してたんだ」

ＢＡＩはそう言いながら、時計台の背面にまわり、小さなパネルを引き出した。画面にはうねる波形が無数に表示されている。私にはまったく意味が分からなかった。

「うん、まだ足跡がかろうじて残ってる！　すぐ出発しよう！　この足跡が消えたら終わりなんだ。見失った無理数は二度と見つからないのと同じでね！」

ＢＡＩはぐるんぐるん回りながら叫んだが、やはりさっぱり意味が分からなかった。だが、とにかく急がないといけないことだけは伝わって来た。私はすぐに樹脂ケースに乗り込んだ。ＢＡＩも一緒に乗り込んでくる。

「けど……数学が変わっても……心が不変かは、分からない。それが心配だよ」

ＢＡＩがつぶやくように言った。私はＢＡＩを見つめた。そして、彼の言葉の意味を聞く代わりにこう言った。

「私が未来経過観測員を続けられてるのはね、ロエイと出会えたからだ。彼女と一緒に未来を見続けられるなら、どんな未来が待っていようと大丈夫さ。それだけ彼女はすごいんだ。数学が変わるぐらいどうってことない。きっと彼女は彼女のままだよ。心配無用。さぁ見つけに行こう」

私はそういうと、コンソールを操作した。例のオートパイロットだ。これで時計台はきっとロエイのところに私たちを連れて行ってくれる。ロエイはいつだって抜かりがない。今回もきっと。

私とＢＡＩと時計台は閃光《せんこう》とともに旅立った。どこに向かって？　それは私たちが知る数学では理解できない方角だった。

定点観測〈一六〇〇年目〉

私はいつの間にか超長期睡眠に入っていた。ロエイの行方を追って別の数学の世界を目指して旅立ったわけだが、その後の記憶がどうもはっきりしなかった。おそらく時計台のログ時間で一ヶ月間、経過観測をし、睡眠に入ったのだろう。目を覚ますと百年が経過していた。私は変わらず時計台の樹脂ケースの中にいた。横にはＢＡＩが貝になって眠っている。外を見た。宇宙空間が広がっていた。見慣れた漆黒の世界だった。

ここが別の数学の世界なのだろうか。だが、結局同じような宇宙が広がっている。私はなんだか拍子抜けした。数学が変わろうが、大差なかった。時計台はオートパイロットになって進んでいる。きっとこのまま行けばロエイの居場所にたどり着くだろう。宇宙の外に出て、そこからさらに別の数学の世界にやって来たが、そこも同じような宇宙だった。どれだけ別の世界に行こうとも、やはり宇宙が広がっている。いったい誰が考え出したのか知らないが、すこし芸がない気がした。同じようなものを無限に作り出して何が楽しいのだろう。もちろん、世界に楽しさなどいらないのかもしれなかったが。

私は首を回し、それから手をほぐした。そしてＢＡＩをもう一度見た。貝が小刻みに震えていた。目を覚ましたのだろうか。

「ＢＡＩ、起きたのか？」

「……モリタ。まずいよ。とってもまずいよ」ＢＡＩは震える声で答えた。

「何が？　今のところ何も問題はないけども？」

「……やっぱり、違う数学の世界では心が違うんだ……」

「心？　……何を言って……」

私は言葉を切った。外の風景の異変に気づいた。

宇宙空間に巨大な壁が出現していた。磨き上げられた銀のような巨大な壁が視界の全てを覆っている。

「何だ……あれはいったい？」

壁は急速に近づいていた。時計台は減速することなくそれに近づいていく。明らかに衝突する進路だ。

「まずい、ＢＡＩ、ぶつかるぞ！　どうしたらいい？　オートパイロットは私だと切れないんだ」

ＢＡＩはあいかわらず貝のまま震えている。

「あの壁は何なんだ？　ＢＡＩ、何か分かってるのか？」

「……あれはね……あれは……」ＢＡＩの声はほとんど泣き声だった。「あれはロエイなんだよ！」

ＢＡＩの貝殻が裏返った。そこには足はなく、代わりに宇宙が広がっていた。まるで中身が消えて、そのまま外に繋《つな》がっているかのようだった。

「ＢＡＩ……」そして私は顔をあげた。壁はもう数秒で激突する距離にあった。「あれがロエイだって？　……」

時計台は壁に真正面からぶつかった。そして、粉々に砕け散った。当然、私もＢＡＩも消滅した…………。


――映画を見終わった時、その後がどうなったかが気になることがある。主人公はその後どうなったのだろう？　とかだ。だがもちろん、映画の中の世界にその続きはない。その世界はそこで終わりなのだ。続きがどうなったかなどを気にするのは、あくまで映画の外側の人間である。

同じように、どんな宇宙にしろ、それが終わった時に、その中の住人はそのことを理解できない。これは何も宇宙に限らず個人の人生においてもそうだ。当人が死ねばその後のことは理解できない。理解できるのは、当人以外の遺族や隣人だけだ。

私もＢＡＩも死んだ。だからその後のことは理解できないはずだった……。

ところが、私は理解していた。なぜか死んだ自分を理解している自分がいた。壁に衝突して時計台が粉々になる際の妙にキラキラした火花もありありと目に浮かんだ。今私はどこにいるのだろう？　……死後の世界だろうか。だが、死後の世界などあるはずがない。映画が終わった後に映画の世界が続いていないのと同じだ。そんな世界など存在しない。

「〈存在しない〉が存在してる世界なんだよ」

ＢＡＩの声が聞こえた。私はあたりを見回した。何もない。というか私自身も何もなかった。何もない私が周りを見渡している。

「見られないよ。おいらたちは存在してないからね」

ＢＡＩが再び言った。やはり何もないが、不思議とＢＡＩの気配は感じることができた。

「どういうことだ？　ここは死後の世界なのか？」

「違うよ。ここは例の違う数学の世界だよ。ここではね、〈なにもない〉が存在してるんだ。あたかも0が0でないようにね」

「……0が0でない？」

「おいらたちの知ってる数学では0は0だろ？　0は何もないし、何も生まない。けどこの世界ではどうやら、0は0でないらしいんだ。0からあらゆるものが生まれる。だから、おいらたちは存在しないのに、存在してるんだよ」

「さっぱり意味が分からない」

「分からなくて当然だよ。おいらだって分からないから。けど、おいらたちはさっき死んだろ？　けど、こうやって考えてる。だからきっと、ここは〈なにもない〉が存在できる場所なんだよ。〈なにもない〉者が考える。〈なにもない〉心でね」

私は頭が痛くなった（頭がないにもかかわらず）。とりあえずそれ以上深く考えるのはやめた。

「それで、ロエイは？」

ＢＡＩはさっきあの銀の壁がロエイだと言った。それは今どこにあるのだろう。

「あのさっきの壁がね、入り口だったんだ。〈なにもない〉存在になるためのね。ロエイも、きっと〈なにもない〉状態でどこかにいるよ。どこかって何だか分からないけど、うふふ！　あ、ほら時計台もいる」

私は振り向いた（なにもない体で）。時計台がぬたぬた触手を動かす気配を感じた。そうか、時計台もＢＸテクノロジーだ。その中に宿っていた心がここに来ている。なにもない形で。私は、存在はなくなったがそれでも時計台の気配を感じられて嬉《うれ》しかった。一応これでまだ未来経過観測は続けられる……かもしれない。

私はロエイの気配を捜した。ＢＡＩも時計台もキョロキョロしているようだ（見えないがおそらく）。すると、遠く（とはどこだろう？）の方でそれらしき気配を感じた。私たちはそこに向かった。

不思議な感覚だった。ある場所に少女の気配が広がっていた。どこか疲れてそれでいて、はにかんでいるような気配。爽《さわ》やかな香りの塊のようにも感じる。

「みなさん、おはようございます。ロエイです」その気配が言った。

私の気配は微笑んだ。ＢＡＩと時計台からも喜びの気配が広がった。

「みんな集まれたようだな。この別の……数学の世界で」私は言った。

「そうですね。まさか人類が〈なにもない〉気配だけになるとは思いませんでした。これじゃあまるで……」ロエイが言った。「幽霊ですよね」

幽霊。たしかにそうだ。存在しない存在。「何もない」から生まれたもの。現象としてはかなり似ている。いや、というより本当にそうかもしれない。私は幽霊のようなオカルトは信じないタチだったが、もし仮に存在するならば、幽霊は別の数学世界から来ていたのかもしれない。「幽霊の正体見たり枯れ尾花」もとい、「別数学世界住人」だ。

「本当に幽霊だったら、元の世界にも行けるんだがなぁ」私は言った。

皆がこうやって再会できたのは良かったが、この〈なにもない〉気配だけの世界というのは前にいた世界よりも頼りなかった。この状態がずっと続くとすれば、そのうち何も考えなくなり、本当に何もなくなるだろう。未来経過観測レポートだって「気配がする」の一言で終わりだ。いつかは本当に何もなくなる……真の無。私はそう考えると、何か根源の恐怖を感じた。

「行けるかもしれませんよ」ロエイの気配が言った。

「え……本当かい？　けどどうやって？」

私は驚いた。ＢＡＩや時計台の気配も興味を示している。

「私たちは今〈なにもない〉のです。なにもないということはどこか特定の場所に存在するわけではないはずです。つまり逆に言えば、あらゆる場所に存在してもいいんです。なにせ〈なにもない〉ですから」

「そうなるのかい？　よく分からないが……」私はなぞなぞでも聞いている気分になった。

「具体的にはどうすればいい？」

ロエイの気配はちょっと考えているようだった。あごに小さな手を当てているイメージが浮かんだ。

「そうですね……ＢＡＩさんどう思います？」

ロエイはＢＡＩの気配に振った。

「うーん……おいらたちが幽霊だとしたら……やっぱり……想いじゃないかな？　ほら、人間の幽霊ってさ、現世への想いじゃないの？　恨みとかさ、無念とかさ、どろろろろ〜うらめしやって。ま、知らないけどね！」

ＢＡＩは真面目か冗談か分からないことを言った。彼はＢＡＩ体のくせになぜそんな古臭いことを知っているのだろうと私は思った。とは言え、その考え方は分からなくもなかった。結局ここは物理法則どころか、数学基盤すら異なる世界だ。時空間という発想はできない。となると、ここから抜け出すには自分たちの「心」それ以外手段がない。古典的だが、念じれば道開くみたいな発想は、ありうるかもしれない。

「うーん……それをもう少し科学的に言えば、ひょっとしたら〈０で割る〉ことを意味するのかもしれないですね」ロエイの気配はつぶやいた。

「０で割る？」

「ええ、私たちの知る数学では０で割るのはルール違反です。プログラムならエラーになります。けど、この別の数学の世界はそれを許しているかもしれない」ロエイは言葉を続けた。「その理由は、ここでは〈なにもない〉が存在しているからです。つまり０に値がある。ということは、ここでは０で割れるかもしれません。そして０で割れば……。

私たちが求める場所で実体化できるかもしれません」

私たちはロエイの気配を見た。ロエイはほんのり温かかった。

「なるほど……それで、その０で割るというのはどうすれば……？」私はたずねた。

「それは……まぁ、結局……」

「つまり念じるしかないんだよ！」ＢＡＩの気配が叫んだ。

「そうかもですね。私たちには心しかありませんから」

ロエイは肩をすくめるような気配を見せた。

なんだ結局はＢＡＩの幽霊の話と同じかと私は苦笑した。

「じゃあ、念じてみますか……」ロエイの気配は真面目な口調で言った。「いいですか？

モリタさん」キリッとした気配が私の方に向いた。

「いいけど、一体どう念じればいいんだい？」

「行きたい場所を念じてください。私たちはモリタさんの想いについて行きます」

行きたい場所。どこだろうか。それはやっぱり……かつての地球だ。平和だった時代の
地球。あそこに戻りたい。私は結局人間なのだ。母星の大地に帰りたかった。

「じゃあ……地球に帰ろう」

私の気配は皆に言った。そして私の心は念じた。かつての地球に向けて。ロエイやＢＡ
Ｉ、時計台が私の周りに集まる気配を感じた。そして私を中心に手をつないだ（ＢＡＩや
時計台の手がどうなっているのか想像できなかったが）。念じる気持ちが皆と一つになる感覚
が駆け抜ける。そしてそれは、一つの球となった。ロエイの声がかすかに聞こえる。

「モリタさん、超長期睡眠に入りましょう。きっと目覚めた時は……」

私は温かい感触に包まれた。「きっとかつての地球ですよ」

——そして、私とみんなの気配は旅立った。

定点観測〈一七〇〇年目……そして〉

私はなぜか河を逆流して進んでいた。浅瀬だが流れの激しい河だった。海で生まれた稚魚が石や障害物だらけの河を上っていくような気分だった。とても苦しかった。何故こんなことをしているのだろう。だが、私はここを上り切らないといけないと思った。戻るべき地球はこの先にある。なぜだか私はそう感じた。

だが、どう見ても登れそうにない巨大なコンクリートの壁が行手に現れた。完全に垂直の滝だった。これは鯉でも登れまい。私は心が折れそうになった。だが、地球はきっとこの先にある。私は果敢に滝に向かった。だが弾《はじ》き返された。何度か繰り返したが駄目だった。このままでは地球に戻れない。私の中で絶望感が広がった。他の皆は戻ったのだろうか。ロエイやＢＡＩや時計台は……彼らの姿は見えない。きっと私はまだ超長期睡眠中なのだろう。いま私は悪夢を見ているに違いない。夢は見ないはずなのに、最近はよく夢を見る。夢ならこのまま滝の前で立ちすくんでいれば、いずれ目覚めるかもしれない。だが、なぜか私は確信していた。この滝を越えなければ地球に戻れないと。

河に浮かぶ私の下で何かの感触があった。クルクルと回るものが腹に当たる。私は水中を見た。そこにあったのは、歯車のようなものだった。私は思い出した。これはかつてプロキシマ・ケンタウリbで見た歯車植物だ。なぜこんなところに？

　歯車植物は私の腹の下で回転していた。そしてその数はどんどん増えていく。私の体は川面《かわも》に浮かんだ。ちょうどホバークラフトのような恰好《かっこう》で私は前進し始めた。そして、力強く滝を迫《せ》り上がった。

　私と歯車植物はまるで磁力で吸い寄せ合っているかのように一体となって、登り始めた。なぜ歯車が私を運んでくれるのかは分からなかったが、ありがたかった。難攻不落に見えた巨大な滝をみるみる登っていく。まるで時間を逆転させた映像のように、下から上に登って行った。そして、私と歯車植物は滝の頂上に到着した。川面がキラキラ光る大きく広がった河が目に入った。予想以上に冷たい風が私の顔を撫《な》でた。きらめきが視界を覆い尽くす……。


　私は目覚めた。時計台の樹脂ケースの中にいた。コンソールの時間経過ログはきっかり一七〇〇年目を指していた。外を見た。平原が広がっていた。乾いた大地にところどころ霜が降りている。遠くには針葉樹林が見え、さらに遠くに見える山々は真っ白だった。ここは地球なのだろうか。景色はそれを思わせた。かつてＢＡＩ体に太陽系ごと飲み込まれた地球。私は再び帰って来られたのだろうか。

　周りにロエイやＢＡＩの姿は見えなかった。私はケースを開いた。冷気が吹き込む。気温が低い。氷点下かもしれない。恐る恐る大地に降りる。しっかりとした感触だ。あたりは静かだった。空は白灰色にうっすら曇っており、太陽の日差しが柔らかく広がっている。

しばらくすると、ちょうど時計台の背後から誰かがやって来た。

「モリタさん、おはようございます」

ロエイだった。ＢＡＩも横にちょこんとついて来ている。二人とも元気そうな顔だった。

「モリタ！　おいらたち、地球に戻ったよ！」ＢＡＩは頭をぐるんぐるん回転させて叫んだ。

やはりここは地球だったか。ついに戻って来られた。私は大きく息を吸った。冷たいが爽《さわ》やかな味だ。鼻がひんやりするのが気持ちよかった。私はあらためて感慨深く周りを見渡した。たしかに地球だ。だが、場所はどこなのだろう？　まるでモンゴル高原のような場所だが……。

「それで、ここはどこなんだい？　地球の」

「日本ですよ」

「え？　ほんとうに？　……そうだったのか。じゃあ……北海道あたりかな……」私にはこの風景に合致する場所と言えば、それぐらいしか思いつかなかった。

「いえ、関東《かんとう》あたりなんですが、ただ……」

ロエイは少しためらってから言った。

「旧石器時代の関東だと思います」

どうやら私たちは、二一世紀からさかのぼること数万年という時代の地球に戻ったらしかった。私は夢の中で歯車植物と滝を登ったのは、時間をさかのぼった時の感覚だったのだろうと考えた。しかしあのタイムマシン歯車植物、どうもしゃかりきにさかのぼり過ぎてくれたようだ。たしかに行き先に平和な時代の地球をイメージしたが、まさか文明すらない時代に戻るとは。AIも大量破壊兵器もなく平和だという点で確かに間違ってはいないけれども……。

「……人間はいるのだろうか？」

私はあたりをもう一度見渡した。人気《ひとけ》どころか動物の気配もなかった。

「向こうのほうにナウマンゾウがいたよ」

BAIは野良犬でも見かけたような調子で言った。

「あと、鹿っぽいのもいたね。面白いね。生き物って！　けど、モリタみたいな人間は見かけなかったなぁ」

「どこかにはいると思いますよ。ただ人数が少ないので付近にいないだけで」

ロエイが言った。

「ただ、時代的にホモ・サピエンスというより旧人類かもしれませんが」

旧人類。とんでもない昔に来たものだ。ホモ・サピエンスは今頃アフリカから、えっちらおっちらやって来ているところだろうか。日本人がいない日本。いや、そもそも日本という国名はたぶん飛鳥《あすか》時代ぐらいからだろうから、ここは誰のものでもない名もなき地だろう。地球にあるのは、海と大地と生き物だけだ。国もイデオロギーもない時代。確かに平和だ。まるで何かの歌のようだ。

「……会っても会話は通じなそうだな」私は笑いをこらえながら言った。なぜか笑いが込み上げてきたのだ。地球に帰って来たのに、ものすごい肩透かしをくらったような気分だった。例えば雨の日にがんばって店に行き、本日休業の張り紙を見たような感覚だ。しかも私は未来を観測し続けて来たというのに、最終的に過去にいる。

「まぁ、旧人類にはあまり直接関わらないほうがよいと思います。けど、人類史を記録するという意味では定点観測はしたいですけどね」

ロエイはすでに未来経過観測モードになってきているようだった。

この地で未来経過観測か。いや、過去だから未来ではなく「過去経過観測」か。しかし、私は思った。過去を観測するというのは未来に影響を与えないだろうか。これから起きるかつての歴史を破壊することにならないだろうか。遠巻きに観測するといっても、関わり合いはゼロではない。昔読んだ本によれば、たとえたった一つの電子の軌道を変えただけでも、その影響範囲は予測できない。最初は小さな変化でも、それが積もり積もって巨大なうねりとなる場合があるらしい。つまり未来を大きく変える可能性がある。これでは、未来経過観測というより未来破壊観測かもしれない……。

　だが、私はここまで考えて、また笑いそうになった。私たちはそんな次元でなく、文字通り次元を超えてあらゆる多宇宙を旅して来たではないか。この観測で未来を変えてしまうなどと言ったら、ドラゴン爺《じい》さんがいた九龍城砦《じょうさい》の地球はどうなる？　あれはあれでまったく異なる歴史の世界だ。宇宙は一つではない。無数の宇宙があって、ここもその一つに過ぎないことを私は知っている。あらゆる可能性の内の無限小のちっぽけな世界に過ぎない。ここの歴史が変わったからといってどうだというのだ。というより、ここではまだ人類史は始まってすらいないのだ。これから作る歴史がこの世界では真とも言える。しかもこの世界の地球には、天才ポストヒューマンのロエイがいる。究極のＡＩ体だったＢＡＩもいる。彼らとともに、今度こそ皆が平和に共存できる宇宙を作れるのではないか。今、私たちはその出発点にいるのだ。

　私は時計台を見上げた。時計台は例の真っ黒な触手を大地に突き刺し、まるでそこに以前から生えている巨木のように立っていた。

　私に残された未来経過観測は、あと四万八三〇〇年もある。たぶん未来経過観測が完了する頃には、期せずして私が生まれた時代に到達しているかもしれない。そして、自分が出発した時代で未来経過観測員の役目を終える。私はとても巨大な閉じた輪を旅してきた気分になった。だが、今度は同じ輪にならないだろう。新しい輪はきっといいものになるに違いない。

ロエイとＢＡＩが何かを話し合っている。ここでの今後の暮らしを計画しているのかもしれないと思った。とりあえず、寒さ対策を何かしてもらえると嬉《うれ》しい。彼らのＢＸテクノロジーを駆使……いやほどほどに使って、ひとまず断熱テントみたいなのを用意してくれたら十分だ。私はそこから定点観測しよう。ここから始まる人類史の新たな未来への経過観測だ。

ロエイが入力端末を持ってやって来た。

「モリタさん、観測レポートを始めてもらっていいでしょうか」

私は端末を受け取り、そしてほがらかに答えた。

「もちろんだとも」


未来経過観測はその後もずっと続けられた。私は五〇〇回の定点観測を全うした。つまり四十一年八ヶ月だ。すっかり老人になった。その間目覚めた時には、いつもロエイとＢＡＩがいた。二人ともまるで変わらなかった。ロエイは知的なティーンエイジャーのままで、ＢＡＩはあいかわらずくるくる回るガンガラ貝だ。

私は目覚め、ゆっくりと体を起こした。だんだん目覚めが辛《つら》くなっている自分がいた。

このままずっと眠っていたい気分だ。私は大きな窓から外の風景を見た。澄み渡る青空の良い天気だった。時計台も見えた。時間は午後一時すぎを指している。あいかわらず巨木のように立っていた。時は二四世紀。前回の未来経過観測では、ＢＡＩがうまい具合にＡＩに安全装置を働かせ、ロエイは世界中を駆けめぐり国家間を暗躍し世界平和と持続可能社会を実現していた。地球はうまく回っていた。そしてどうやら今もその平和は続いているようだった。

「おはようございます。モリタさん」

しばらくしてからロエイが現れ、いつものようにそう言った。ＢＡＩもひょっこり現れた。

「おはよう、ロエイ。今回で最後の未来経過観測だね」私はゆっくりと答えた。「いままで本当にありがとう。四十年以上付き合ってくれて。君がいたから続けられたよ」

ロエイの手を借りながら、私は立ち上がった。彼女の手は温かかった。

「何を言ってるんですか、モリタさん」

ロエイは少し口をとんがらせて言った。

「四十年なんてとんでもないです。私は、モリタさんの寝顔を何万年も見てきたんですよ」

そして彼女は笑った。

「けど、不思議と見るの飽きませんでしたけどね」

私は目を丸くし、それから恥ずかしくて顔を赤らめた。

「すまんな。こんな爺さんに付き合わせて。けど、もうこれで終わりだから、許してくれ」

ロエイは私をじっと見つめた。それからイタズラっぽい顔で言った。

「終わりではないですよ。これからは私がモリタさんを定点観測する番ですから」

私は驚いて彼女を見た。ロエイはクスクス笑っている。ＢＡＩも一緒にぐるんぐるん回りながら笑い声をあげた。

「なるほどね！　ロエイ！　あ、おいらもいていいかい？」

「もちろんですよ。一緒にモリタさんの老後を観測しましょう」

私は二人を交互に見つめ、それからくしゃっと破顔した。

窓の外では時計台が午後二時すぎを指していた。


未来経過観測が終わっても、未来はこれからもずっと続くだろう。だが、未来も過去も本当はないのかもしれない。ただそのように思っている存在がいるだけだ。けれど、そう思っている心こそが唯一、この世界に意味を生み出していると私は思う。そして、その心と心が触れ合えるから楽しいのだ。それが、五万年未来経過観測をしてきた私の結論かもしれない。以上の結論をもって、私の未来経過観察レポートは終わりとしたいと思う。

文責　モリタ
スペシャルサンクス　ロエイ、ＢＡＩ

ボディーアーマーと夏目漱石

——いつか誰かが必ず、この地球で最後の一人になる。

このこと自体は理屈として間違っていない。誰かがいつか最後になるのは、実感こそないものの、その通りだろう。むしろ、「最後の一人」の定義そのものと言ってもいい。もちろん、地球が爆発し瞬時に全員が死ぬなら、最後の一人という感じではないかもしれないが、それでも各人のタイムラグ（コンマセカンドの時間であっても）が多少あるだろうから、きっと誰かが最後の一人になる。とはいえ、五〇億年後に地球が太陽に飲み込まれるという天文学上の話と同じで、これまでそれは理論上のはるか遠い未来の出来事のような感覚だった。だが今は違う。近い将来のリアルな現実だと人類全員が実感している。

地球温暖化は収まることなく進行し、持続可能社会の実現は儚《はかな》くも夢に終わった。異常気象が異常と言えないほど日常化し、地球環境は激変した。さらに追い討ちをかけるように某国から端を発したかつてない国際紛争による大気汚染で、生身で外出できないほど気温が上昇、動植物のほとんどは死に絶え、未曾有《みぞう》の食料難とともに地球全土が砂漠化、まともに暮らせる世界は消滅した。人々は突然突きつけられた人類余命宣告に震え、怒り、そして雑巾《ぞうきん》に汚水が染み込むようにじゅわじゅわとその現実を受け入れていった。地球で最後の一人になるのは自分かもしれない。誰もがそう思うようになっていった。

アキノは目覚めると、いつものようにアーマーの接合部を丹念に確認した。彼のアーマーはどこまでが本来のパーツだったか分からない程、相当の年季物だったので、この確認は毎朝欠かせなかった。そして毎度不具合が見つかり、露天で物々交換して手に入れた修繕ゲルを塗り込む。疲労したアーマーの外装はスポンジのように修繕ゲルを吸い込み、ごわごわした表面を形成した。アキノはその表面をアーマーハンドの甲でゆっくりと擦《こす》りなめらかにした。

持続可能社会の夢が崩壊した後、人類が生きていくためにとった方法は、ボディーアーマーに「住む」ことだった。一人一人が自分用のアーマーに二四時間すっぽり入る。アーマーは中世の甲冑《かっちゅう》と宇宙服が融合したような姿をしており、体高二メートル三〇センチ。重量一五〇キログラム。外装はキチン質のような強化合成繊維で覆われ、基本裸で着用する。内部には人類史上もっとも高度なアーキテクチャが集結しており、超高効率なエネルギー循環システムが装備され、飲食することなく生命維持を実現できた。家屋は不要となり、アーマー自体が各人の住まいとなった。アーマーのエネルギー源には意外なモノを利用していた。それは突然変異で地球上に大量発生した新種の油蔓草《あぶらつるくさ》だった。この蔓草は動植物が絶滅した後、唯一地球で一人勝ちしている不思議な植物だった。高純度の油分があり、それがエネルギー源となって皮肉にも地球環境が崩壊した後に誕生した最も効率的なエネルギー源となった。アーマーは蔓草を取り込むことで、太陽光発電だけでは足りないエネルギーを補塡《ほてん》でき、リサイクルシステムとパワーアシストの動力源を得た。ボディーアーマー自体は元々、あるベンチャー企業が火星探査用に開発した製品だったが、今の地球は火星と変わらないぐらい劣悪な環境なので、まさにうってつけだった。世界中の国家が果てしない不毛な議論の末に、全世界が一丸となって、あらゆる事項に優先してボディーアーマーの大量生産に踏み切った。火星ではなく住み慣れた地球で使うために。人々はかつては街だった蔓草で無尽蔵に覆われた廃墟《はいきょ》の世界で、動く兵馬俑《へいばよう》のような姿で徘徊《はいかい》し生きていた。

　これまで現代文明の象徴だったスマートフォンなどのデジタル機器、世界中を繫《つな》げていたインターネットなどのインフラは壊滅し、実質的に一九世紀以前の工業レベルにまで退化した。高度な機能をもった工業製品は、ただの路肩の粗大ゴミに成り果てた。どんな高性能な半導体チップもレゴブロックの代わりにすらならなかった。唯一の例外はボディーアーマーとその周辺機器《ペリフエラル》だ。人々はこれをとにかく延命させることだけを考えた。人間の命綱はボディーアーマーそして油蔓草、それが全てだった。その結果、「露天」が生まれた。唯一人々の交流がある場所だった。ボディーアーマー関連の物々交換市。互いに壊れたパーツを取り替える交渉をしたり、酒などの発掘品で求めるパーツを手に入れたりするコミュニティ。それは自然発生的に廃墟のあちこちに生まれた。

アキノも多くの人たちと同じく荒廃した世界を転々としながら露天を巡り、アーマーを延命させ暮らしていた。目的はない。ただ死ぬのが嫌な人々だけが生きていた。当然、人間の数は日に日に減っていった。この世界から自ら旅立つ者も増え、それにアーマーを着ている限り、人との接触自体がなくなり、新たな命が生まれる機会も物理的にあり得なかった。

アキノは死にたいとは思わなかったが、自分が地球で最後になるのは嫌だなと、ぼんやり思っていた。トランプでジョーカーを引いて最後まで残りたくないが、かといって早々とゲームを上がってしまうのも嫌なのに似た感情。たぶん今生きている人たちの多くはそんなところだろう。

もうすでにアーマーの生産は終了しているため、アキノの日課は毎日死んでいく人たちの残されたアーマーで程度の良さそうな物を探し出すことだった。パーツの交換だけの延命では限界があったので乗り換えるのが目的だった。アーマー自体はフリーサイズなので乗り換え自体は簡単だったが、ただ前の「持ち主」が中に残っているケースが多く、心を無にして仏に席を譲ってもらう必要があった。

そのアーマーを見つけた場所は、かつてショッピングモールだった建物だった。アキノはその日の午前に、ショッピングモールに群生した蔓草を掻《か》き分け、書店があったと思われるテナントエリアに入った。彼はかつての書店を見つけると立ち寄る癖があった。当然もう新刊はないが、案外そのまま当時の書籍が残っており、いくらでも読み放題だったのでよい暇つぶしになったからだ。いや、暇つぶしというよりテレビもネットもなくなった世界では唯一の娯楽であり、この悪夢のような世界からのお手軽な逃避手段だったと言える。よく分からない本でも、ただ字を追っているだけで、アキノは楽しめた。世界が崩壊する前に書かれた文章、それはどんなものでも懐かしい輝きを持っていた。

書店の奥まった部分の壁際で、そのアーマーを発見した。アーマーには巻きつくように蔓草が群がっていて、まるで緑の巨人のような姿だった。少なくとも持ち主は死後半年は経っているだろう。アキノは巻きついた蔓草を引き剝《は》がした。アーマーの程度はかなり良さそうに見えた。最近では相当のレア物だ。だがアキノはためらった。リサイクルシステムが作動しているとはいえ、死後半年も経った遺体が中に入っている。それを見るのも、取り出すのも気が進まなかった。だが、結局は取り出すことにした。こういう事は初めてではなかった。これまでも何度かそうしてきた。アーマーを交換しなければ、自分は死んでしまう。最後のババを引きたくないけれども、まだ死にたくない。死ぬ時の苦しみが怖いというより、自分が終わることへの恐怖が強かった。惰性で生きているだけなのに、自分でもなぜ終わりがそれほど怖いのかよく分からなかったが、今はまだ生き続けたかった。何かこの世界で、まだ出会っていないモノが残っているのかもしれないという気持ちがあったからかもしれない。

今自分が使っているアーマーは最近特にガタつきがひどく限界が近づいていた。アキノは腹をくくって、緑の巨人のようなアーマーのヘッドカバーの開閉スイッチを操作した。ロックされていたが、大抵のアーマーのパスコードはデフォルトのままだ。みな最後は人に譲ることを想定してそうしていた。ヘッドカバーは小さくプカッと排出音をたててゆっくりと開いた。

アキノは目を見開き、固まった。中には少女が入っており、しかもその少女は、まだ生きていた。

アキノは少女と目がまともに合った。少女は眉間《みけん》にしわを寄せ、苦しそうな声で言った。

「勝手に開けるな。閉めろ」

アキノは慌てて、開閉スイッチを再度触った。クカッという音と共に再び閉まる。そしてしばらく二人はボディーアーマー越しに向かい合った。少女は黙っている。生きている人のアーマーを奪う連中はたまにいた。だが、めったにいない。たいていの人々はそこまでしてこの世界で生き続けたいとはもはや思っていなかった。死にたくはないが、人から奪ってまでこの不毛な世界に執着する価値はないというのが、今の人類が持つ共通感覚だったからかもしれない。

アキノはどぎまぎしていた。一体何年ぶりだろう。生身の生きた人間の顔を直接見たのは。通常、アーマーは視界ゴーグル部分以外はグレーの外装に覆われ内部は見えない。死んだ人間を取り出す時を除けば、中世の甲冑のような仮面越しでしか相手と顔を合わせられない。アキノの目にはさっきほんの一瞬見た少女の顔と姿が焼きついていた。ほっそりとした顔で髪の毛はぼさぼさだったが、肌は健康的に艶《つや》やかで、透き通った硬質ガラスのようなひんやりとした目をしていた。アキノはとにかく彼女に謝った。

「てっきり、もう死んでると思ったんだよ。蔓草が巻き付いてずっと動いていなそうだったから……」

「あんたが今開けたせいで、喉《のど》がヒリヒリする。殺して奪うつもりだったんじゃないのか？」

少女はスピーカー越しに咳《せ》き込みながら言った。その声は少しかすれていたが、子どもの声だった。

「もちろん違うよ……、本当にすまなかった。それより君は何でじっと動かず蔓草に巻き付かれてるんだ？　ひょっとしてパワーアシストの故障か？」

「違う。別に動く必要がないからだよ」

「どういう意味だい？」

少女はしばらく黙っていた。それから徐《おもむ》ろに言った。

「〝吾輩《わがはい》は猫である〟を読んでる」

「はい？」

「知らないのか？　夏目《なつめ》漱石《そうせき》だ。私は今読書している」

「読書？　中で本を読んでるってことか？」

「当たり前のことを聞くな。読書に他の意味があるのか？　私はね、この本屋で夏目漱石全集を見つけたんだ。それをこのアーマーの中に持ち込んだ。だからもう動く必要がない」

アキノは呆《あき》れた。本を読んでいるから蔓草に巻き付かれるまでじっとしていたとは。昔、引きこもりという言葉があったが、アーマーこもりといった所か。いやそもそも今の地球にいる人間は皆アーマーこもりだ。アーマーこもりのこもりか。

「……読書で暇をつぶせるからってことか」

「まあな、全部読み終わったらアーマーはあげてもいい。けど今はまだダメだ」

「いや、生きている人間からアーマーを奪うつもりはないよ」

アキノはそう答えながらも、少し引っかかった。

「夏目漱石を読み終わったら、また別のを読むんだろ？　ここにはまだまだ他に本が……」

「もう読まないよ。これで十分だ。ちょうどいいボリュームだ。長すぎもせず、私の人生にぴったりだ」

「けど、アーマーはその後もいるじゃないか」

「いらない。出るから」

アーマーから出る。それは死を意味した。

「……つまり君は、夏目漱石を読み終わったら……その、終わるつもりなのかい？」

彼女のアーマーのスピーカーから、カラカラとした笑い声が聞こえた。

「あのね、この本屋にはたくさんの本がある。一人の人生では読みきれない量のね。次を読み始めるとキリがないだろ？　だったら、どこかで読むのをやめなければいけない。そう考えたら、夏目漱石はうってつけだったんだ。司馬遼太郎《しばりょうたろう》とかだったら長すぎる。だから私は漱石を選んだ。読み終えたら終わり。ちょうどいい上がり時ってわけ。この世界からのね」

この世界に生きる人々で、「やめ時」を探している者は結構いた。一年後とかそういう時間で区切る人間は意外と少なく、もう少し具体的な、例えば廃墟のコンビニを回ってボトルキャップのフィギュアを集めてコンプリートした時など、何かをやり終えた時をこの世界から旅立つタイミングにする人が多かった。彼女の場合はそれが夏目漱石全集だったというわけだ。これが世界が破滅する前なら、このような馬鹿げた自殺は全力で止めるべきだろう。だが、今の世界では人に残された唯一といっていい権利だった。だから、アキノには彼女を止める資格はなかった。それに夏目漱石全集がどれぐらいの長さか知らなかったが、彼女の口ぶりでは読み終えるのにそれほど時間はかからないのだろう。そしたら……彼は思った。待てば状態の良いアーマーが手に入るかもしれない……。

アキノはさきほど見た彼女の素顔を思い浮かべた。まだ幼かった。十代前半だろう。おそらく世界が崩壊した時は赤子に近かったかもしれない。生まれた時から、この世界。この世界しか知らず、最後に夏目漱石全集を読み終えるだけの人生。だが、彼女にどう言えばよいのだろうか。そんな簡単に死んではいけない、人生はこれからじゃないか、とでも言えば良いのか。これからの未来がない世界で、そう言うのは白々しく無責任で、ジョークにすらならなかった。

アキノは黙って彼女のアーマーを見つめた。彼女も黙っていた。ひょっとしたら「吾輩は猫である」の続きを読み始めているのかもしれない。

「……どのぐらいで読み終わるつもりなんだい?」

アキノは自分でも驚くほど弱々しい声で尋ねた。

しばらく反応がなかったが、やや経ってから声が返ってきた。

「難しいんだよ。文章が。話しかけないでくれる? それで、どれぐらいかかるかって? さあね。分からない。とにかく難しいんだ。知らない言葉だらけだからな。アーマーの電子辞書を使いながらだから、当分かかるね。また適当に様子見にきたら？　半年後ぐらいとか」

アキノは、彼女が読み終えるのには結構かかりそうだと分かり、ほっとした気持ちになったが、一方で助けるわけでなく、先送りになった結末をただ傍観しているだけの自分にやるせなさを感じた。

「その〝吾輩は猫である〟は全集の何冊目なんだい？　全部で何冊あるんだい？」

「二冊目。全部で一七冊」

彼女はそっけなく言った。どうやら読書に集中しているらしい。

蔓草に覆われるぐらいじっとしていて、二冊目。結構まだ時間はありそうだなとアキノは思った。単なる先送りとはいえ、嬉《うれ》しかった。やはり子どもは少しでも長く生きてほしい。

「ところで君、名前は？」

だがもう反応はなかった。アキノは肩をすくめ「また時々様子を見に来るよ」とだけ言い、その場を去った。途中で振り返ったが、彼女のアーマーは何百年もそこにある遺跡のようにじっとしていた。

アキノのアーマーの状態はいっそうひどくなった。だが、都合よく乗り換えられそうなアーマーは見つからなかった。最近はとくに再利用可能なアーマーの数は減っていた。むろん新たに製造されないからだったが、それだけでなく、入っている人間が死ぬのはアーマーのリサイクル機能の故障によることが多かったので、放置されているアーマーはたいてい使い道のない廃棄アーマーだったからだ。使えるアーマーが残っているのは、持ち主が自ら脱いで外に旅立った場合や、当人が中で病死、老衰死した場合などだ。だが、そういうアーマーに運良く出会う機会はもうめったになかった。それに早い者勝ちなので、誰よりも先に見つけ出す機会はまずないと言ってよかった。

三ヶ月後、アキノは本屋の少女のところを再び訪れた。少女がまだ生きていることを願っているのか、それとも彼女が夏目漱石を読み終わって、抜け殻となったアーマーが見つかることを望んでいるのか、彼には自分の気持ちがどっちなのかよく分からなかった。ただ、彼女のあの素顔が忘れられなかった。彼女の顔は自分たちが人間だったことを思い出させ、いまだあの平和な時代と地続きだという証拠にも思えた。それに、あの顔を思い出すと何故か胸に温かいモノが流れる気がした。

少女は夏目漱石をまだ読んでいた。今読んでいるのは「草枕」だそうだ。草と聞くと、アキノには蔓草のイメージしかもはやなかったが、文章はさらに難しい言葉のオンパレードらしい。彼女曰《いわ》く、漱石はきっと難しい言葉を見せびらかしたかったに違いないとのことだった。少なくとも蔓草は登場しないようだった。

「本を読み終わると、その本の世界は終わる。これってこの現実世界と同じかもね。続きのない世界だから」

彼女は独り言のようにそう言った。アキノは彼女の名前をあらためて尋ねたが、やはり答えてくれなかった。アーマーの視界ゴーグルから、彼女のガラス玉のように綺麗《きれい》な目だけが見えた。

「たまには少し動いたらどうだい？」

アキノは彼女のアーマーに再び絡みついた蔓草をむしりながら聞いた。

彼女はしばらく無言だったが、やがて答えた。

「廃墟を見て何になる？」

「いやまぁ……何にもならないけど、少なくとも気分転換にはなるんじゃないかな」

「今の私には夏目漱石のほうこそが本当の世界だね。未来のない世界を見て気分転換になる気が知れない。あんたはなるのか？」

彼女にそう言われ、アキノは答えに詰まった。自分も今まで一度も気分転換と思ったためしはなかったからだ。ただ、惰性でさまよい、アーマーを探すだけの日々だった。それに身体を動かすといっても、ほとんどはパワーアシストの力なので運動しているという感覚もなかった。

「確かに、そうかもね。それじゃあ、自分も読む本でも探すかな。実は僕も本は好きなんだよ」

　彼女は何も答えなかったが、軽く鼻を鳴らす音が聞こえたので、アキノの声は届いているようだった。

　アキノは本屋を徘徊した。蔓草が書架を覆い尽くしている。ここには他よりも蔓草が多い気がした。蔓草も本が好きなのだろうか。彼はそう思い、そして苦笑いした。蔓草に意思などない。だが、そもそもこの蔓草は他の生き物が絶滅した灼熱《しゃくねつ》の世界でどうして生きているのだろう。彼らは何のために繁茂しているのだろうか。まさかボディーアーマーのエネルギー源になるためではあるまい。平和だった時代の動植物と入れ替わるように登場した蔓草。初めの頃こそは調べる学者もいたが、結局何も分からなかった。そして今は学者もいない。学者どころかあらゆる職業が存在しない。廃墟にアーマーを着た人間がいて、そして蔓草がある。それが全てだった。しかも、近い将来人間もいなくなる。そうすると地球は青ではなく緑になるかもしれない。地球全体を蔓草が覆い尽くすだろうから。

　アキノは一冊の本を手に取った。アンドレイ・タルコフスキー著「映像のポエジア」という本だった。タルコフスキーという名はどこかで聞いた気がしたが、まるで知らない本だった。ページをめくると作者は映画監督で、どうやら映画技法について書かれた本のようだったが、アキノにはまるで内容が分からなかった。だが、彼はそれを持って夏目漱石少女のところに戻り、横に腰掛けた。実際のところ、本は何でもよい。むしろ今までに手にしようと思わなかった本のほうがよい。近い将来、自分はこの世界を去るだろう。だとしたら、自分がまったく知らなかったこの世界のことを少しでも味わっておきたかった。アキノは彼女の横で本を読み始めた。夏目漱石とタルコフスキー。まったく異なる世界が並んでいる状況に、少し笑いが込み上げた。本はいくらでも世界を並べられる。人間はたくさんの世界を作ってきた。けれど、そんな本がある現実の世界自体はもうすぐ終わる。アキノはたくさんの本がつまった書架の床が抜け、漆黒の闇に本が落ちていくイメージを想像した。世界が終わるということは、本たちも道連れとなる。もう誰も読む者がいなくなるからだ。もったいないなと彼は思った。

　アキノは「映像のポエジア」を読みながら、だんだんと眠気に襲われてきた。内容が分からないというのもあったが、アーマーのリサイクルシステムの問題が大きかった。彼のアーマーはこの日特に調子が悪かった。そのため呼気がきちんと浄化されていなかったのだ。身体全身にだるさが溜《た》まり始めた。あと数日、いやひょっとして明日にもアーマーは駄目になるかもしれない。そうすると、自分は死ぬだろう。そう思いながらも、なぜか彼の心は穏やかだった。案外、潮時かもしれない。むしろ、好きな本に囲まれて、そして同じように本を読んでいる少女の傍で終わるのも悪くない。「映像のポエジア」は読み終わらないだろうが、一文字でも読めるところまで読んでみよう。そして読みながら旅立つ。悪くない最後な気がした。ただ、一つ心残りなのは、隣の少女の顔をもう一度見られなかったことだ。アキノは彼女の顔を見た時の胸に温かいモノが流れた感覚が忘れられなかった。だが、まさかお願いするわけにはいくまい。あの時、ほんの数秒でも彼女は苦しそうだった。危険な行動だ。それに……アキノは思った。そもそも本人が隣にいる。それで十分な気がした。彼はそんな事を考えながら、文字を追っていた。その文字の上に一度だけ見た彼女の顔が浮かんだ。すぐ横にいる彼女の顔が。その顔は実際に見た時よりも穏やかな表情だった。そのうち、アキノの意識は遠のいて眠りについた。

次の日、アキノは生きていた。アーマーの調子は昨日より良さそうだった。たまたま調子が少し良くなっただけと思われたが、それでもアキノは自分が安堵《あんど》していることに気づいた。どうやら自分はもう少し生きたいらしい。横を見ると彼女のアーマーがあった。昨日から一晩ずっと横に座っていたことになる。確かにじっとしているのも悪くない。アキノはそう思った。最初、蔓草に覆われた彼女のボディーアーマーを見た時は、ずっと同じ場所にいる彼女が理解できなかったが、本と共に一日じっとここに座っていると、とても穏やかな気持ちになった。このままずっと座っていたくなる気持ちが分かった。むしろ、今までどうして無駄に徘徊していたのだろう。確かに新しいアーマーを見つけることはできないが、徘徊していた時は焦燥感があった。今はそれがない。静かな気持ちで本を読み、本とともに世界を旅立つ、そんな心境になれた。（なるほどなぁ……）彼は心の中で独りごちた。自分のアーマーの足元を見ると、もうすでに蔓草が数本まとわりついていた。理由は分からないが、やはりここでは蔓草の生長が早いようだ。

「起きてるかい?」アキノは隣の少女に声をかけてみた。

しばらく間があった後、声が帰ってきた。

「それは、私もさっき聞いた」彼女の口調はぶっきらぼうだったが、心なしか安堵しているような響きがあった。「私もあんたに聞いたんだ。反応なかったから、もう死んでるかと思ったよ」

アキノは苦笑した。「僕も昨晩はそうなると思ってたよ。朝まで保《も》たないってね。けど、アーマーの調子が最後のあがきで復活したようで助かったみたいだ」アキノも彼女の声が聞けて安堵した気持ちで答えた。

「……まだ夏目漱石は読み終わらないんだ。あんたのアーマーが保つといいけど……」彼女は少し言いにくそうにいった。

「ぜんぜん、気にすることじゃない。それに、仮に君が夏目漱石を読み終わったとしても、アーマーをもらう気はもうないよ。どうも僕もね、今読んでる本と共に終わりたくなったんだ。だからね、ぜんぜん気にしなくていい」これはアキノの本音だった。もうアーマーを乗り換えてまで生き延びたいとは思っていなかった。むしろ、そんなことばかり考えていた時よりも、今は気分が清々《すがすが》しかった。

彼女はしばらく黙っていたが、「そう……それはあんたの自由だから」とだけ答えた。

アキノは話題を変えることにした。いくら自由とはいえ、聞く側の彼女にしたら、人の死の話は楽しいものではないだろう。

「そういや〝こころ〟は読んだかい？」アキノが昔高校で習った唯一の夏目漱石が「こころ」だった。ちゃんと全部読んだわけではなかったが、多少内容を知っている作品だった。

「一番最初に読んだよ。タイトルがひらがなだけだから、簡単かなと思って。〝それから〟というものあったけど、それからだしね。先に〝こころ〟かなって」

「どうだった？」

「猫よりは読みやすかった。ただ、あんなに遺書が長いのってどうかなって思ったけど。私なら数ページで済ますかな。けど……」

「けど？」

「昔っていいなと思った」

アキノは少女の意外な答えに興味を持った。

「へぇ、どういうところが？」

「今なら絶対起きないことだらけなところが」

彼は苦笑いした。そりゃあ起きないだろう。皆がボディーアーマーに引きこもった世界だ。三角関係どころか、出会いすらない。けれど、アキノはふと思った。

考えてみれば、この子との出会いも、今の世界で通常起きない過去の出会い方の一つかもしれなかった。彼女がそのことに気づいているかは分からなかったが、僕たちはある意味、過去の物語のような出会いをしている。アキノは思わず、ふふと笑いがもれた。彼女は怪訝《けげん》そうな声で「え？」と言った。

その後は、二人並んで夜までずっと読書をしていた。その間お互い話しかけることはなかったが、むしろそれが心地よかった。この廃墟の世界で、並んで読書をしている。しかもそれぞれ何の共通点もない本。いや、そもそも昔は電車でも図書館でも、皆ばらばらの本を一緒に読んでいた。ただ、ほんのりとそばに人の気配を感じながら。ここには本来の世界がある。もっと早くここに来ればよかったとアキノは思った。

早朝、アキノのアーマーの調子が再び悪くなった。今度は前回よりもひどそうだった。どうやら最後のあがきは終わったらしい。だが、アキノはそのことを隣の少女に気づかれたくなかった。そこで、こっそりと立ち上がり、本屋を離れた。アーマーを延命するための応急処置をするしかない。今の彼はもう少し本を読んでいたいという気持ちになっていた。一週間、いや数日でもよかった。今までもまだ死にたくないという気持ちはあったが、どちらかというとそれは消去法のような感覚だった。今はこの穏やかな時間をもう少しだけ延長したい、楽しい時をまだ終わらせたくない、そんな前向きな気持ちになっていた。

彼は露天に向かった。露天ではさまざまな物の交換が行われている。その多くはアーマーの補修パーツと嗜好品《しこう》などとの交換だ。アキノからの交換品は廃墟から発掘した缶詰やら酒やらだった（リサイクルシステムがあるので、口から食べる必要はなかったが、それでも味を楽しみたい人々には嗜好品は喜ばれた）。

アキノのアーマーは、ほぼ全てのパーツをすでに交換済みだったが、まだ唯一交換していないパーツがあった。それはブートローダーユニットだった。アーマーを再起動した際に動作する基底プログラムが入ったパーツ。あらゆる箇所にガタが来て最後の最後に手をいれる部分。ここを交換すると起動ルーチンが微妙に変わるのでうまくいけば延命できる。大昔に、テレビを叩《たた》いて絶妙に基板配線をずらして直す荒療治があったというが、ある意味それに似たやり方だ。だが、失敗するとそもそも起動できなくなる。そうなれば瞬時にお陀仏《だぶつ》だったので、本当に最後の手段だった。

（……だが、どのみち、もう終わる。ほんの少し早いか遅いかだけだ）

露天の男は、アキノに完全に自己責任だと何度も念を押してきたが、アキノはためらうことなくブートローダーユニットを取り替えた。アーマーに再起動がかかり、ほんのりとオゾンの匂いと羽音のような唸《うな》りが一分ほど続いた。その後、呼吸がしやすくなった。どうやら延命は成功したようだった。これであと少なくとも数日は持つだろう。

アキノは、何事もなかったかのように本屋に戻った。少女はあいかわらず遺跡のように壁にもたれて座っている。彼はゆっくりと今朝まで座っていた隣の場所に腰を下ろした。そして、本の続きを読もうとすると、少女の声が聞こえた。

「何かあったのか？」

声をかけられると思っていなかったので、アキノは驚いた。

「いや、別に。ちょっと散歩しただけだよ」彼は努めて何でもないように言った。

「アーマーの調子はどうだ？」

「ああ、どうやらまだ最後のあがきが続いているようでね。この調子だとタルコフスキーを最後まで読めそうだよ。君も夏目漱石、進んだかい？」

「今〝夢十夜〟の短編集を読んでいる。これは妙な話ばかりだ。漱石は変わった奴だ」

「夢の話か、そういや最近夢を見てないなぁ」

「私は昨日見たよ。明治時代の夢」

「へぇ、流石《さすが》だなぁ。僕にはまったく明治時代なんか想像できないよ」

「けどね、みんなアーマーを着てた。明治時代なのに」

そして少女は少し楽しそうに言った。

「しかもその上にさらに着物を着てたんだ。バカだよね」

その後は、また前日のように二人は読書に没頭した。昨日と同じように心地よい時間だった。アキノはずっと続けばいいのにと思った。

だが、本に終わりがあるように、アキノの終わりは着実に近づいていた。ブートローダーユニットの交換も所詮《しょせん》は一時凌《しの》ぎであり、やはり長くは続かなかった。今のアーマーと別れなければならない時が迫っていた。アーマーがなければ、空冷も生命活動に必要なエネルギーも、大気浄化システムもなくなる。灼熱と呼吸困難で奇跡的に保っても一時間だろう。昔どこかのビルでリサイクルシステムが稼働しているフロアの一室があるという話を聞いたことがあったが、結局ガセ情報だった。今この地球で人間を守れる空間は、アーマーの中だけだった。

タルコフスキーはまだ半分ほどしか読めていなかった。少女は夏目漱石を難しいと言っていたが、この本もきっと負けず劣らず難しい本なのだろう（少なくとも自分にとっては）。だから、どこで終わっても自分には同じだな、とアキノは思い、少し笑った。

「何を笑っている？」

隣の少女から声をかけられた。かなり小さな笑い声だったはずなのに、気づかれたことに驚きつつも、アキノはなぜか嬉しくなり、それに答える代わりに、さらに大きな声で笑った。アキノの笑い声が続き、彼女はとまどっているようだった。

「たまに笑い声を出すのも、気持ちいいものだなぁ」

アキノはしばらく笑った後、そう答えた。

「面白いこともないのに、無理やり笑ったのか？」

「面白いことがあったから笑ったのさ」

「タルコフスキーが？」

「いや、タルコフスキーはぜんぜん面白くない」

「さっぱり意味が分からない」

「そういう君は、夏目漱石は面白いかい？」

「いや、別に」

アキノは再び大きな声で笑った。腹がよじれて苦しいぐらいだった。少女は、いったい面白くないのになぜ笑ってるんだと聞いてきたが、アキノは答えることができないほど笑いが止まらなかった。ようやく呼吸が落ち着いた後、アキノは答えた。

「違うよ。この状況、君と並んで読書をしている、世界が終わる。そして僕ももうすぐ終わる、けど読んでる本はいっこうに面白くない。この状況全部が面白くて笑ったのさ。そして、君と出会えて、ほんとに楽しかったよ」

少女はしばらく黙っていた。そして、聞いてきた。その声はかすかに震えていた。

「終わるって……もう保たないのか？　……アーマーが」

今度はアキノがしばらく黙った。耳をすますと少女の呼吸音がかすかに聞こえた。彼はほんの一瞬、泣きそうになった。それから彼女の問いには答えず、話し始めた。

「この地球には、あとどれぐらい人間が残ってるんだろうなぁ。皆、最後におびえながら生きている。けど今、僕にはぜんぜんおびえがない。むしろいっぱい笑って清々しい気分だ。だから、もう十分な気がするのさ」

アキノはそこで言葉を切り、そしてちょっと笑って、それからまた話した。

「……けどまぁ、少し心残りがあるとすれば、こんな世界になる前に君に出会いたかったな。そうしたら、アーマーを着ずに、図書館とかで一緒に本が読めただろうにな。そして読み終わった本が、どんな本だったか、君はどんな本を読んでるの？　とか、いろんな話を君の顔を見ながらできたのに」

アキノはそう言うと、おもむろにアーマーのヘッドカバーを開けた。少女のアーマーから「あ……」と小さな声が聞こえた。それからゆっくりと、アキノはアーマーから出た。全身は緑色のゲルに包まれ、まるでウェットスーツを着ているような姿だった。足元がふらつく。パワーアシストなしで自分の足で立つのはいつ以来か思い出せない。

「おい、あんた！」少女が叫んだ。「死ぬよ！」

外はサウナ以上の体感温度だった。気温は摂氏八〇度以上はあるだろう。湿度が毛穴の全てを塞《ふさ》いでくる。アキノは頭に血がどくどく波打つのを感じた。眼球が飛び出るような痛みを感じ、呼吸のたびに喉に熱風ドライヤーを当てられているようだった。これは一時間どころか、一五分も保たないなとアキノは思った。

アキノは少女のアーマーの方に向き直った。彼女の目がアーマーの視界ゴーグルの隙間から見える。大きく見開き、狼狽《ろうばい》している目だった。

「いや、最初に君に出会った時、僕は君の顔を見ただろ？　だから、今度はお返しに僕の顔を君に見せておこうと思ってね」

「それだけのために？　あんた……バカじゃないのか？」

「はは、かもね。でも考えてもごらんよ。もともとさ、そういうもんだろ？　知り合いになるってのはさ。まず、顔を合わせる。基本じゃないか。ま、最後になっちゃったけど」

少女は黙っていた。それから小さな声で言った。

「……思ってたよりも、若い」

アキノは笑った。今日はよく笑う日だ。こんな日が毎日だったらよかったのにとアキノは思った。

「たぶん、君より十も上じゃないぜ。いや、上かな？　ははは」

アキノは自分の身体が内部から焦げていくようなダメージを急速に受けているのを感じた。もう時間はなさそうだ。

「それじゃあ、えっと……君、元気でな。夏目漱石、読破してくれよ。そしてできたら……司馬遼太郎全集も読んでみてくれ。あと、ここから動くの好きじゃないと思うけど……」

アキノは焦げつく喉の痛みを我慢しながら言った。

「露天に僕が住んでたアーマーを持って行くといい。君のアーマーはまだまだ保つだろうけど、排気音にちょっとノイズが入ってる。よかったらパーツを使ってくれ。いい具合に取り替えてくれるだろうから」

「まだ使えるんなら、あんたが使いなよ」

「使えるのはパーツだけだよ。それに僕は楽しみなのさ」

アキノはそう言って彼女に笑顔を見せた。

「楽しみ？　何が？」

「君が読書を続けてくれることが」

そして、体の向きを変え、ふらつく足でその場から離れ始めた。彼女の目の届かない場所に行こう。それまで倒れるわけにはいかない。

「私、名前がないの！」

突然後ろから少女が叫んだ。

「物心ついた時からアーマーの中だった。親も覚えてない。言葉はアーマーの学習システムで覚えただけ。だから、聞かれた時、名前を答えなくて、ごめんなさい！」

彼女は泣いていた。

アキノは振り返った。彼女の言葉にショックを受けたと同時に、あることを思い出した。

彼が知っている夏目漱石のもう一つの知識……誰もが知っている有名な冒頭。

「ひょっとして……だから、夏目漱石を読み始めたのかい？」

彼女は少しだけ笑った。そして言った。

「吾輩は猫である。名前はまだ無い」

悲しい世界だ。なぜ人間は地球をこんなにしてしまったのだろう。彼女は平和な時代も知らない犠牲者だ。けど……だけれども、アキノは彼女の言葉に対して、笑顔を返していた。世界は終わる。そして、名もなき少女は夏目漱石の最後の読者になる。死におびえ、ただただ惰性で生きるのではなく、少し笑って本を読んで終わる。これはこの世界への精一杯の抵抗だ。誰にもいつか必ず終わりが来る。だとすれば、彼女にとって本を読みながら終わるのは最善の道かもしれない。個人的には、彼女に夏目漱石を読み終えた感想を聞くことができないのが残念だった。けれど、そこは重要でない気もした。感想は彼女のものだろうし、聞いてもよく分からないだろう。それよりも、彼女が自分が去った後も、そして夏目漱石を読み終わった後も、新たな本を探し出し、読書し続けている様子を想像するほうが楽しかった。

アキノは片手を振り上げて、彼女に別れを告げた。その手には「映像のポエジア」が握りしめられていた。彼はふと思った。もし今ここにタルコフスキーがいたら、この場面を撮影してくれたかもしれない……いや、どうだろう……半分読んだ感触では、タルコフスキーは芸術に厳しい監督だから……そんな考えが頭をめぐり、再び笑いがこぼれた。

初出
「未来経過観測員」　Ｗｅｂ小説サイト「カクヨム」掲載
「ボディーアーマーと夏目漱石」　書き下ろし

田中 空（たなか　くう）
1975年、和歌山県和歌山市生まれ。神戸大学大学院自然科学研究科物理学専攻修了。漫画家、漫画原作者として活動。2023年にWeb小説サイト「カクヨム」に投稿した初の小説作品が話題となり、同作を表題作として収録した『未来経過観測員』で小説家としてデビュー。漫画作品に「タテの国」「さいごの宇宙船」などがある。

未来経過観測員《みらいけいかかんそくいん》

2024年３月４日　初版発行

著者／田中《たなか》 空《くう》

発行者／山下直久

発行／株式会社KADOKAWA
〒102-8177　東京都千代田区富士見2-13-3
電話　0570-002-301（ナビダイヤル）

印刷所／旭印刷株式会社

製本所／本間製本株式会社

●お問い合わせ
https://www.kadokawa.co.jp/（「お問い合わせ」へお進みください）
※内容によっては、お答えできない場合があります。
※サポートは日本国内のみとさせていただきます。
※Japanese text only

定価はカバーに表示してあります。

ISBN 978-4-04-114637-8　C0093